Aline

Du même auteur aux éditions Grasset :

LA GRANDE PEUR DANS LA MONTAGNE.
JOIE DANS LE CIEL.
JEAN-LUC PERSÉCUTÉ.
LE GARÇON SAVOYARD.
DERBORENCE.
LA GUERRE AUX PAPIERS.

Charles-Ferdinand
Ramuz

Aline

Bernard Grasset
PARIS

Tous droits de traduction, de reproduction
et d'adaptation réservés pour tous pays.
© 1927, Éditions Bernard Grasset.

C.-F. Ramuz/Aline

Charles-Ferdinand Ramuz est né à Lausanne (canton de Vaud), le 24 septembre 1878.

A la suite d'études de lettres à l'université de Lausanne où il obtient le grade de licencié, il devient maître d'étude au collège d'Aubonne. Cette brève expérience lui permettra de prendre conscience de son peu de dispositions pour l'enseignement et, en 1900, il part pour Paris, dans l'intention d'y préparer une thèse de doctorat sur Maurice de Guérin. Il séjournera quatorze années dans cette ville où il n'envisageait de passer que quelques mois. De la thèse projetée, il n'écrira pas une seule ligne. Vivant pauvrement, assez solitaire, il délaisse les cours de la Sorbonne pour musarder au hasard à travers une capitale dont la diversité pittoresque le captive.

Ce n'est pourtant pas Paris et son spectacle, mais le souvenir de la Suisse rurale dont il est originaire, qui lui inspire la matière de ses premières œuvres : le Petit Village *(1904)*, Aline *(1905)*, la Grande Guerre de Sonderbond *(1905)*, Aimé Pache, peintre vaudois *(1910)*, Vie de Samuel Belet *(1913)*, Adieu à beaucoup de personnages *(1914)*.

Au début de 1914, devinant la guerre imminente, Ramuz abandonne Paris pour se fixer dans le « pays » de Vaud qu'il ne quittera plus. En 1916, avec ses amis Edmond Gilliard et Paul Budry, il fonde la revue des Cahiers vaudois. *C'est dans cette revue qu'il publiera ses nouveaux romans,* le Grand Printemps *(1917) et* Salutation paysanne *(1921).*

Dès lors, il a trouvé son style et son inspiration propres : l'étude de la vie et des coutumes de sa terre d'origine. Cette veine de chantre du terroir lui vaut d'acquérir peu à peu, dans son pays, l'audience des milieux lettrés francophones. Mais c'est à partir de 1924, quand ses livres sont publiés par l'éditeur parisien Bernard Grasset que, grâce à de nombreuses traductions, sa renommée devient internationale. Son existence matérielle, auparavant précaire, en est rendue plus aisée. En 1926, il fait paraître la Grande Peur dans la montagne, *suivi par* la Fête des vignerons *(1929),* Farinet ou la fausse monnaie *(1932),* Derborence *(1934) et* Si le soleil ne revenait pas *(1937).*

La perspective d'une nouvelle guerre l'incite à délaisser le roman pour faire œuvre de moraliste; il livre ses réflexions dans Taille de l'homme *(1935, collection « Les Écrits »),* Questions *(1936, collection « Les Écrits ») et* Journal 1896-1942 *(1945).*

Ramuz, en qui l'on s'est accordé à reconnaître « l'écrivain le plus représentatif de la Suisse romande depuis Benjamin Constant », est mort à Pully le 23 mai 1947. Son œuvre originale et diverse qui comprend des réflexions, des récits, Histoire du soldat *(musique de Stravinski), et de nombreux romans qui renouvellent le genre paysan, aura exercé son influence sur nombre d'écrivains parmi lesquels Giono lui-même.*

Chef-d'œuvre de jeunesse, mais chef-d'œuvre incontestable, Aline, *écrit en 1905, est le second livre de Ramuz. L'histoire commence comme une bluette pastorale lorsqu'une attirance irrésistible semble jeter l'un vers l'autre Aline, sage jouvencelle de dix-sept ans, et Julien Damon, le coq du village. De menus cadeaux échangés en rendez-vous furtifs, en étreintes à la sauvette, l'amour grandit chez Aline tandis qu'il passe chez Julien dès que la première flamme est assouvie. Tout le drame naîtra de ce banal revirement du cœur. Dans une langue à la simplicité somptueuse et à l'étonnante puissance d'évocation, Ramuz excelle à faire vivre ses personnages, comme taillés à la serpe, et à rendre par la vigoureuse magie d'un style abrupt leurs moindres émotions. Avec Charles-Louis Philippe, dont l'inspiration est plus citadine, Ramuz est probablement le seul écrivain à avoir su exprimer la passion dans ses plus infimes et ses plus humbles registres.*

À

RENÉ AUBERJONOIS

RENE AUBERJONOIS

Bords du Rhône, janvier 1927.

Mon cher Editeur,

Il faudrait qu'il fût bien entendu que c'est vous qui prenez la responsabilité de la présente réimpression. Moi, je me laisse faire ; je ne sais plus, c'est trop vieux. Je ne vois pas en quoi cette « histoire » peut encore intéresser vos lecteurs. J'étais un tout petit garçon quand je l'ai écrite ; elle est pleine d'ingénuité. Mais peut-être bien reste-t-on un petit garçon toute sa vie : je suis assez de cet avis ; et peut-être bien, d'autre part, avez-vous jugé que l'ingénuité n'est pas nécessairement un défaut. J'ai donc remis mon sort entre vos mains, étant bien résolu, pour ce qui est de moi, à ne voir dans votre décision qu'un effet de votre extrême indulgence ; — dont j'aurai du moins l'occasion de dire ici combien j'en ai été touché.

L'AUTEUR.

I

Julien Damon rentrait de faucher.
Il faisait une grande chaleur. Le ciel
était comme de la tôle peinte, l'air ne
bougeait pas. On voyait, l'un à côté
de l'autre, les carrés blanchissants de
l'avoine et les carrés blonds du froment ; plus loin, les vergers entou-
raient le village avec ses toits rouges
et ses toits bruns.

Il était midi. C'est l'heure où les
grenouilles souffrent au creux des mottes, à cause du soleil qui a bu la rosée,
et leur gorge lisse saute à petits coups.

Il y a sur les talus une odeur de corne brûlée.

Lorsque Julien passait près des buissons, les moineaux s'envolaient de dedans tous ensemble, comme quand une pierre éclate. Il allait tranquillement, ayant chaud, et aussi parçe que son humeur était de ne pas se presser. Il fumait un bout de cigare et laissait sa tête pendre entre ses épaules carrées. Parfois, il s'arrêtait sous un arbre ; alors l'ombre entrait par sa chemise ouverte ; relevant son chapeau, il s'essuyait le front avec le bras. Puis il se remettait en chemin, sortant de l'ombre, et sa faux au soleil braillit comme une flamme. Il reprenait sa marche d'un pas égal. Il ne regardait pas autour de lui, connaissant toute chose et jusqu'aux pierres du chemin dans cette campagne où rien ne change, sinon les saisons qui s'y marquent par les

ALINE

13

foins qui mûrissent ou les feuilles qui
tombent. Il songeait seulement que le
dîner devait être prêt et qu'il avait
faim.

Mais, comme il arrivait à la route,
il s'arrêta tout à coup, mettant la
main à plat au-dessus de ses yeux.
C'était une femme qui venait. Elle
semblait avoir une robe en poussière
rose. Il se dit : « Est-ce que ça serait
Aline ?... » Lorsque celle qui venait
fut plus près, il vit que c'était bien
Aline. Il eut un petit coup au cœur.
Elle marchait vite, ils se furent bientôt rejoints.

Elle était maigre et un peu pâle,
étant à l'âge de dix-sept ans, où les
belles couleurs passent souvent aux
filles, et elle avait des taches de rous-
seur sur le nez. Pourtant, elle était
jolie. Son grand chapeau faisait de
l'ombre, sur sa figure, jusqu'à sa bou-

che qu'elle tenait fermée. Ses cheveux blonds, bien lissés par devant, étaient noués derrière en lourdes tresses. Elle avait un panier au bras ; ses gros souliers dépassaient sa jupe courte.

Julien dit :

— Bonjour.

Elle répondit :

— Bonjour.

C'est de cette façon qu'ils commencèrent. Julien dit ensuite :

— D'où est-ce que tu viens ?

— De chez mon oncle.

— Il fait bien chaud.

— Oh ! oui.

— Et puis c'est bien loin.

— Trois quarts d'heure.

— C'est que c'est pénible avec ce soleil et cette poussière.

— Oh ! je suis habituée.

Ils se tenaient l'un devant l'autre

ALINE

comme des connaissances qui se font la politesse de causer un peu, s'étant rencontrées. Julien avait une main dans sa poche, l'autre sur le manche de sa faux, et il tournait la tête de côté tout en parlant. Mais les oreilles d'Aline étaient devenues rouges. Et, lui aussi, malgré son air, il avait quelque chose à dire, qui n'était pas facile à dire. c'est pourquoi il ne chercha d'abord qu'à gagner du temps.

Il demanda à Aline :

— Où est-ce que tu vas ?

Elle dit :

— Je rentre.

— Moi aussi. Veux-tu qu'on fasse route ensemble ?

Et, pendant qu'ils marchaient l'un près de l'autre, Julien allait fouillant dans sa tête, mais il y a des fois où on a les tuyaux de la tête bouchés. Il regardait en l'air. On apercevait dans

ALINE

les branches les cerises blanches du
côté de l'ombre et rouges du côté du
soleil. Les abeilles buvaient aux fleurs
toutes ensemble. Bientôt le village parut. Le temps pressait. Alors Julien
poussa plus profond encore, jusque là
où les idées se cachent, et recommen-
çant :

— J'ai fauché toute la matinée, c'est
pas commode par ce sec. C'est des
jours de la vie où on n'a pas courage
à vivre.

— C'est vrai, répondit Aline, on n'a
de plaisir à rien.

— Et puis, dit-il, ayant trouvé, il
y a longtemps qu'on ne s'est pas revus.

. Aline baissa la tête. Elle dit :

— C'est que c'est le moment où le
jardin demande. Et puis, maman qui
est toute seule...

Mais, comme il était têtu :

— Ecoute, reprit-il, si tu étais

ALINE

gentille, eh bien, on se reverrait.

Aline pâlit.

— Hein ? dit-il.

— Je ne sais pas si je pourrai.

— Du diable pourtant ! on a des choses à se dire.

Ce fut le moment où elle hésita, et son cœur se balançait comme une pomme au bout de sa branche ; puis l'envie fut la plus forte.

— Si je me dépêche bien, dit-elle, peut-être une fois.

— Alors quand ?

— Quand tu voudras.

— Ça va-t-il ce soir, vers les Ouges ?

— Oh ! oui, peut-être.

Ils arrivaient au village ; les maisons se tenaient au bord de la route avec leurs jardins, leurs fontaines et leurs fumiers. Julien dit encore :

— A ce soir.

Elle répondit :

ALINE

— Je tâcherai bien.

— Pour sûr ?

— Pour sûr.

Aline vivait seule avec sa mère dans une petite maison. Elles avaient encore une chèvre et un champ qui leur faisait deux cents francs par an, étant bien loué. La vieille Henriette aimait l'argent, qui est doux à toucher, comme du velours, et il a une odeur aussi. Mais, si elle aimait l'argent, c'est qu'elle avait tant travaillé pour le gagner qu'il lui en restait un cou tordu, un dos voûté et des poignets comme deux cailloux. Les veines sous la peau de ses mains ressemblaient à des taches d'encre. Comme elle n'avait plus de dents, son menton remontait jusqu'à son nez quand elle mangeait. Elle allait dans la vie avec tranquillité et sans hésitation, ayant fait ce qu'il fallait faire ; elle voyait ce qui est bien,

ALINE

ce qui est mal ; et puis elle attendait de mourir à son heure, car Dieu est juste, et on ne va pas contre sa volonté. Elle avait un bonnet noir sur ses cheveux tirés aux tempes. Les jours s'en venaient, les jours s'en allaient et les plantes poussaient, chacune en sa saison.

Elle dit à Aline :

— Tu es restée bien longtemps.

Aline répondit :

— J'ai été aussi vite que j'ai pu.

Elle pensait à Julien, c'est pourquoi elle était distraite. Elle se rappelait les premières fois qu'elle l'avait vu, et ils se connaissaient depuis l'école, seulement il était déjà depuis longtemps dans les grands qu'elle était encore dans les toutes petites. Et, un jour, ils s'étaient rencontrés, Julien l'avait accompagnée, ensuite il était revenu : au commencement, elle n'y avait pas pris garde ; puis, peu à peu, elle avait eu plaisir à le voir, parce que l'amour entre dans le cœur sans qu'on l'entende ; mais, une fois dedans, il ferme la porte derrière lui.

L'après-midi passa lentement. La chaleur alourdit les heures comme la pluie les ailes des oiseaux. Aline cueillait des laitues avec un vieux couteau rouillé. Quand on coupe le tronc, il en sort un lait blanc qui fait des taches brunes sur les doigts et qui colle. Les lignes dures des toits tremblotaient sur le ciel uni, on entendait les poules glousser, les abeilles rebondissaient à la cime des fleurs comme des balles de résine. Le soleil paraissait sans mouvement. Il versait sa flamme et l'air se soulevait jusqu'aux basses branches des arbres où il se tenait un moment, puis retombait ; les fourmis couraient sur les pierres ; un merle voletait dans les haricots. Lorsque son tablier fut plein, Aline considéra le jour, le jardin, la campagne ; déjà le soleil descendait en vacillant vers la montagne à l'horizon ; un peu plus tard, il s'aplatit dessus comme une boule de cire qui fond. Des charrettes roulaient sur la route. L'heure était venue. Elle avait dit : « Pour sûr. »

Elle se sauva à travers les prés jusque vers les Ouges. C'était un endroit humide où un ruisseau s'était creusé un lit dans la terre noire ; et il y avait un bois à côté.

Elle arriva la première, mais Julien ne tarda pas. Il avait passé sa veste du dimanche par-dessus sa chemise. Ils s'assirent à la lisière du bois. Une cendre rose tombait du haut de l'air ; les oiseaux, au-dessus de leurs têtes, regagnaient leurs nids en battant de l'aile ; un chien aboyait au loin ; quelquefois, un bruit de voix venait jusqu'à eux.

Julien dit :

— Tu vois que tu as bien fait de venir. Qui est-ce qui nous verrait ?

Aline répondit :

— Et si on me cherche ?

— Tu as bien le droit de sortir un moment. On ne fait point de mal, ou quoi ?

— Oh ! non, dit-elle.

Et, tout à coup, elle sentit tellement de bonheur entrer dans son cœur que son cœur était trop petit. L'ombre caressait ses cheveux. Elle pensait qu'elle ne faisait point de mal, en effet. Elle était venue là parce que Julien était son bon ami. Et elle aurait aimé à ne pas parler et à ne pas bouger, pour voir le ciel et les arbres et tout ce qu'il y avait de doux dans l'air ; mais voilà que Julien dit :

ALINE

— Je t'ai apporté quelque chose.

Il tira un petit paquet de sa poche.

— C'est pour toi.

Elle fut bien surprise d'abord ; et son grand bonheur s'en alla, et elle eut un peu peur ; elle dit :

— Je n'ose pas.

— Quelle bêtise !

Mais ensuite elle ouvrit la main ; le petit paquet était léger et noué d'une ficelle. Il y avait d'abord un papier gris ; dessous, un papier de soie attaché d'un ruban bleu ; enfin, dans le papier de soie, une boîte de carton. Un monsieur et une dame tout petits et assis sous une tonnelle étaient peints sur le couvercle.

— Qu'est-ce que c'est ?

— Regarde, je ne veux pas te dire.

Ayant ouvert la boîte, elle vit dans la ouate rose deux boucles d'oreilles en argent doré avec une boule de corail.

ALINE

Elle ne dit rien. Quelque chose la serrait dans la poitrine.

Julien demanda :

— Est-ce que ça te plaît ?

— Oh! tellement.

— J'ai acheté ça à Lausanne.

Elle reprit :

— Oh ! merci bien.

Et il la considérait d'un air satisfait, jouissant d'être assez riche pour acheter des cadeaux à sa bonne amie, sans se priver de son verre de vin et de son cigare.

— Touche voir, dit-il, c'est lourd.

Aline hocha la tête.

— Il y en a que c'est creux, tu sais ; ça, c'est du massif.

Il ajouta :

— Seulement, il te faut aussi me donner quelque chose.

— Oh ! dit-elle, je voudrais bien, mais je n'ai rien.

ALINE

— Que oui, quelque chose que tu as.

— Quoi ? dit-elle.

— Oh ! dit-il, rien qu'un petit baiser.

Aline devint toute rouge. Julien répétait :

— Rien qu'un petit baiser, un tout petit, sur le bout du nez, pour rire.

— Oh ! alors non.

— Est-ce que tu sentiras seulement ? On n'a pas le temps de compter un que c'est fini.

— Oh ! non, dit-elle, je ne peux pas.

Elle savait bien que les baisers sont défendus. Celles qui se laissent embrasser, on se les montre entre filles en se poussant du coude. Et il y a encore le catéchisme, où on va pendant deux ans, à la maison d'école. Le pasteur lit dans un livre. On apprend ce qui est permis et ce qui n'est pas permis. On apprend aussi que les méchants sont punis et les justes récompensés. Et Aline était de bonne volonté pour le bien.

Mais Julien, s'enhardissant, lui avait passé le bras autour de la taille. Et elle chercha bien à se défendre, mais le crépuscule la poussait, l'herbe aussi, avec sa rosée, les branches, l'ombre qui disait : « Va vers lui. » Son cœur s'était gonflé et il pesait avec toutes ces choses, l'inclinant vers Julien. Elle sentit la bouche de Julien sur sa bouche, et son corps se fondit comme la neige dans le soleil.

Elle rajusta ses cheveux défaits. Les dernières clartés du jour se dissipaient à l'horizon. Elle comprit qu'il était tard et elle partit en courant.

Que la campagne était déserte ! Le frôlement de ses pieds dans l'herbe était pareil à un grand bruit. La pre-

ALINE

mière étoile était venue. Elle avait
comme un petit grelot dans le cœur
qui sonnait tout le temps, disant :
« J'aime bien Julien... j'aime bien Julien... » Elle tenait la boîte dans sa
main fermée ; elle pensait par moment : « Julien m'aime bien aussi. »

Les nuits d'été sont courtes. Au tout
petit matin, les ouvriers partent faucher, pendant que l'herbe est encore
tendre. On remue dans les maisons,
les coqs chantent de poulailler en poulailler. La vieille Henriette se leva la
première ; elle était toujours debout
avant l'aube, ses habitudes étant ré-
glées comme la mécanique des pen-
dules. Et dès qu'elle fut habillée, elle
alla appeler Aline.
Le soleil s'éleva d'un bond sur la
forêt. C'était un nouveau jour de la

vie. L'eau sur le fourneau se mit à bouillir. Quand le café fut prêt, les deux femmes s'assirent à table. Et Aline avait bien un peu de honte, n'étant plus aujourd'hui ce qu'elle était la veille ; pourtant, elle mangeait et buvait ; et même, à la fin, elle dit :

— Maman, comment est-ce qu'on se fait des trous dans les oreilles ?

Henriette fut bien étonnée.

— Pour quoi faire ?

— Comme ça.

— Est-ce que je sais, moi ? c'est bon pour les dames.

Aline se tut. Mais, quand elle fut seule, elle alla devant son miroir et, prenant une aiguille, elle se l'enfonça dans l'oreille. Elle se mordit les lèvres pour ne pas crier, tellement elle eut mal, et une petite perle de sang se forma sur la peau ; le trou pourtant

ALINE

n'était pas fait, elle vit que c'était trop difficile.

Elle cacha la boîte au fond d'un tiroir ; elle se levait la nuit pour aller la regarder.

II

Une fois qu'elles avaient déjeuné,
— et les vieilles n'aiment rien autant
que leur café, — Henriette et Aline faisaient le ménage ; ensuite, elles portaient à manger à la chèvre. Comme
elle était blanche, on l'appelait Blan-
chette ; elle mangeait en bougeant le
museau ; il fallait aussi la traire, l'heure
du dîner était bientôt là. Alors, quand
la journée a tourné, le temps va vite ;
c'est comme un seau qui s'est rempli
lentement, et qui se vide tout d'un
coup. Si bien que ce n'était qu'après
le souper qu'Henriette avait un petit

ALINE

moment à elle, pour aller faire une
visite ou une emplette.

Mais c'était surtout le jardin qui
prenait du temps, parce qu'il faut bê-
cher et arroser sans s'arrêter, si on veut
avoir de bons légumes ; et il faut beaucoup d'eau durant l'été, de bonne heure
le matin et tard le soir, car l'eau avec
le soleil met le feu aux plantes, comme
on dit. Enfin, les mauvaises herbes
viennent bien toutes seules, mais rien
de ce qu'on sème et de ce qu'on plante,
au contraire.

Henriette était fière de son jardin.
C'était le plus beau du village ; la terre
en était belle noire, les carreaux y
étaient droits comme sur un papier, les
choux gros comme la tête. Et, lorsqu'elle avait bien sarclé, elle levait son
dos, et disait d'abord : « Aïe ! » parce
que les reins lui faisaient mal, mais elle
était bien contente quand même de

voir comme tout était en ordre. Il y
avait aussi des arbres qui donnaient
des fruits, et un vieux prunier devant
les fenêtres. Le soleil venait par-dessus l'église, il regardait dans le jardin
avec son œil rond qui fait le jour ; on
sentait l'odeur de la terre.

Aline, étant bonne travailleuse,
aidait sa mère tant qu'elle pouvait.
Elle tendait le cordeau ; elle comptait
les graines dans le creux de sa main,
parce qu'elle avait de bons yeux ; ou
bien elle allait puiser l'eau et la pompe
grinçait comme un âne qui crie, pendant qu'elle levait et abaissait ses bras
nus.

Souvent aussi elle allait dans le village. Ses amies l'appelaient de dessus
le pas de leur porte et elles avaient,
comme elle, les cheveux ébouriffés et
les manches retroussées, car c'est le
sort des filles dans les familles de se

ALINE

rendre utiles de bonne heure ; il faut qu'elles sachent tenir une maison si elles veulent se marier. Aline souriait à toutes ; et c'était le bonheur qui soulevait ses lèvres et découvrait ses dents. Il semble que tout est facile quand on aime. Le soleil est plus clair, les fleurs sont plus belles, les hommes meilleurs. Le monde se découvre, paré comme un champ de fête de ses arbres, de ses prairies et de ses montagnes.

Elle se regardait dans le miroir. Elle se disait : « Est-ce que je suis jolie ? je n'en suis pas sûre ; peut-être quand même un peu. » Et elle était devenue bien jolie ; ses joues étaient plus roses, ses lèvres plus rouges, ses yeux plus bleus. C'est la jeunesse qui vous sort du cœur, parce que le cœur est content, et elle est devant vous comme le matin sur les prés.

Aline se disait quelquefois : « J'aime

pourtant bien ma mère. Je ne suis pas gentille de me cacher d'elle » mais elle se disait qu'on ne peut pas faire autrement. Et puis l'idée lui passait vite. L'amour faisait qu'elle avait pitié des bêtes qui souffrent, des vers qu'on coupe en labourant, des fleurs qu'on écrase. Il y avait au village une petite fille qu'on menait dans une charrette à trois roues ; ses jambes avaient séché quand elle était petite, elle ne pouvait ni marcher, ni se tenir debout ; aussi n'avait-elle pas grandi, elle était restée comme un enfant, mais sa tête était très grosse. Et Aline pensait : « Mon Dieu ! la pauvre fille ! ». « Et puis, pensait-elle, si j'étais comme elle ! » Et elle se réjouissait d'être alerte et vive, avec ses bonnes jambes, pour aller à ses rendez-vous.

Julien venait, les mains dans les poches. Quand il arrivait le premier,

ALINE

il se cachait. Aline le cherchait et, tout à coup, lorsqu'elle était tout près de lui, il criait : « Hou ! » dans l'ombre. Il s'amusait de la voir faire un saut en arrière, disant :

— Tu es bien peureuse !

Ils s'asseyaient l'un à côté de l'autre. Les escargots sortaient leurs cornes noires et tiraient leurs coquilles qui branlaient sur leur dos collant ; quand la terre était humide, les champignons poussaient en une seule nuit dans les feuilles pourries. Les noisettes étaient à peine formées encore et molles dans leur peau verte qui fait cracher, mais on trouvait quelquefois une fraise oubliée, qui vous tombait entre les doigts. Il faisait déjà noir dans le petit bois ; c'était comme une maison qu'ils avaient pour eux seuls et où on ne pouvait pas les voir, mais d'où ils pouvaient tout voir, car il y avait une porte ronde et des trous comme des fenêtres, avec le ciel comme une vitre. Les feuilles secouaient leurs gouttelettes sur eux, le ruisseau sonnait ses petites sonnettes, le temps était vite passé.

Elle disait :

— C'est le moment de rentrer.

Il répondait :

— Tu as bien le temps.

Et elle attendait encore, mais il fallait bien s'en aller une fois.

Un dimanche matin, pendant qu'ils étaient ensemble, les cloches se mirent à sonner. Elles sonnaient pour avertir, une heure avant le sermon. Et, comme elles étaient mal accordées, l'une très basse, l'autre très haute, l'une battant vite, l'autre à longs coups sourds, elles avaient l'air, par les champs, d'un ivrogne avec sa femme qui s'en vont se querellant. Quelquefois elles son-

ALINE

naient plus fort dans un accès de colère, puis elles se radoucissaient ; le clocher brillait comme un tas de vieilles bouteilles.

Julien dit :

— Bourbaki a bu un coup de trop, ce matin.

Bourbaki, c'était le sonneur, et on lui avait donné ce surnom parce qu'il avait été à la frontière pendant la guerre de Septante et qu'il disait toujours quand il était saoul :

— Bourbaki ! je le connais.

Aline riait.

— Tu sais, dit-elle, une fois, le pasteur était déjà dans l'église qu'il sonnait toujours.

— C'est que le vin n'est pas cher, cette année.

— Et, une fois, il a roulé en bas de l'escalier, il s'est fait un trou à la tête.

Alors ils pensèrent à l'escalier de

bois du clocher où on va pour voir loin dans le pays ; il est tout branlant, la charpente crie, les cordes des cloches traînent sur le palier. Et on voit par la lucarne la route qui est comme une bande d'étoffe pointue du bout, les toits qui sont rouges, les jardins qui sont verts et les tilleuls devant l'église qui sont ronds comme des choux.

Aline disait :

— Moi, j'aime bien les cloches.

— Elles ne sont pourtant pas bien belles.

— Ça ne fait rien, ça serait triste si elles ne sonnaient plus.

— Oh ! bien sûr.

— N'est-ce pas ?

Julien dit :

— Pourquoi est-ce que tu n'as pas mis tes boucles d'oreilles ?

— Je n'ose pas, maman les verrait.

ALINE

— C'est dommage.

Aline répondait :

— Oh ! oui.

Ensuite les cloches cessèrent de sonner. On entendit encore comme un bourdonnement qui se tut et le silence du dimanche vint derrière. Et Aline dit :

— Il va falloir que je rentre, j'ai juste le temps.

Julien la suivit du regard. Son chapeau blanc battait dans la brise, et, lorsqu'elle passait derrière les haies, on le voyait seul dans le bout des branches, sautant là comme un gros oiseau.

Mais les cloches sonnèrent pour la seconde fois. C'est à ce moment que le pasteur entre. Il entre et le chantre est à sa place sous la chaire. Quand le chantre chante, à chaque note, il se dresse sur la pointe de ses bottines à élastiques pour faire sortir sa voix et

il la pousse en l'air devant lui comme
une bulle de savon. Il y a des psaumes
qu'on sait, d'autres qu'on ne sait pas ;
ils sont tous de l'ancien temps, avec
beaucoup de blanches et un silence
entre elles pour qu'on puisse repren-
dre son souffle. Les carreaux ne sont
pas très propres, le jour est un peu
triste même quand il fait du soleil ;
on entend par moment les gens qui
causent sur la place.

Julien, resté seul, s'était couché sur
le ventre, et il mâchait un brin d'herbe
en songeant. Il était content parce qu'il
se sentait comme un homme qui a une
femme à lui. Et il se représentait Aline
dans sa tête, avec ses petits bras minces,
son cou brun en haut, blanc en bas,
sa poitrine qui bougeait. Il se disait :
« Pourquoi est-ce qu'elle va au sermon ?
je m'ennuie. » Il se disait encore que
les baisers ne sont pas tout.

III

Seulement le monde est ainsi fait qu'à un bout, il y a les jeunes qui rient ou qui pleurent, parce que c'est l'âge où on rit et où on pleure beaucoup, et au milieu les hommes qui travaillent ; mais, à l'autre bout, les vieux qui regardent la vie, ayant vécu. Ils ont les yeux pointus comme des clous. Ils ont amassé de l'expérience pour les jeunes gens qui n'en ont pas. Ils branlent leurs figures creuses. Quand on n'a qu'une fille, on aime au moins qu'elle soit de la bonne espèce. Les filles de la bonne espèce savent faire

la cuisine, travailler aux champs, tricoter leurs bas ; elles ne s'amusent
qu'à temps perdu. Et la vieille Henriette, voyant qu'Aline commençait à
sortir tous les soirs, comme il ne faut
pas faire, s'inquiétait, à cause des ten-
tations, et disait :

— Je ne veux pas que ça continue.

Un lundi soir, neuf heures sonnèrent qu'Aline n'était pas rentrée. On
entendait les portes se fermer l'une
après l'autre, les portes des granges,
qui sont hautes et larges et qu'on pousse
de l'épaule et qui grincent, celles des
écuries, qui sont rouillées, celles des
maisons, qui ne font presque pas de
bruit. Le ciel était vert comme une
prairie et les arbres déjà noirs dedans.

Henriette alluma la lampe. Ensuite
elle se dit : « Elle n'est pas rentrée,
qu'est-ce qu'elle fait ? » Ensuite le
quart sonna, elle dit tout haut :

ALINE

— Mon Dieu ! est-ce qu'il lui serait
arrivé un malheur ?

Elle ouvrit la fenêtre et elle appela :
« Aline ! Aline ! » deux fois et personne ne répondit, mais les groseil-
liers avaient un mauvais air dans le
jardin, comme des bêtes accroupies
Ensuite la demie sonna.

Tout à coup Aline parut.

Henriette dit :

— D'où viens-tu ?

Comme elle avait couru, Aline ne
put pas répondre tout de suite ; la
lumière de la lampe l'éblouissait, elle
mit la main sur ses yeux ; et elle se
tenait là avec le cœur qui lui sautait,
quand Henriette répéta, d'une voix dure :

— D'où viens-tu ?

Aline dit :

— J'ai été chez Elise.

— C'est bien les heures de rentrer.

Il se passa un petit moment. Aline

s'était assise. Alors elle sentit que sa
mère la regardait. Elle ne pouvait pas
la voir, ayant détourné la tête, mais
elle sentait ses yeux comme deux brûlures sur sa peau. Puis son sang commença à remuer, d'abord tout au fond,
ensuite en montant, et il vint bientôt
dans sa gorge, comme de l'eau bouillante qui fit un flot rouge sous ses
joues et chanta dans ses oreilles ; toute
sa tête fut en feu. Elle aurait voulu
la cacher dans ses mains, mais sa mère
était là ; et sa mère :

— Menteuse !

Aline ne répondit pas ; la racine de
ses cheveux lui piquait la peau.

— Tu entends, dit Henriette, d'où
est-ce que tu viens ?

Aline dit à voix basse comme les
les enfants qu'on gronde :

— J'ai été un petit bout dans le
bois.

ALINE

— Toute seule ?

— J'ai rencontré aussi Julien.

— Qui ça ?

— Julien.

Henriette dit :

— C'est du joli !

Elle ajouta :

— Ça n'a pas dix-huit ans ! une gamine !

Après quoi, elle secoua sa vieille main devant elle et reprit :

— A présent, c'est fini, tu sais.

Aline était comme un oiseau qui s'est bâti un nid : le vent souffle, le nid tombe. Elle voyait qu'elle n'avait pas bien connu le monde et tous les empêchements qu'il vous fait de s'aimer. On va où le cœur vous pousse, mais le cœur n'est pas le maître ; à peine si on s'est donné un ou deux baisers que c'en est déjà fini des baisers.

Et Henriette, de son côté, pensait :

« Mon Dieu ! quelle peine ! quelle
peine ! On souffre d'abord pour les
avoir, ces enfants ; au commencement,
ils sont si petits qu'on ne peut pas
croire que ça pousse ; ils ont toute
sorte de maladies ; bon ! ça fait un peu
plaisir plus tard ; et, voilà, les garçons, il leur vient de la barbe, les filles
mettent des jupes longues, on a plus de
soucis qu'avant ; heureusement encore
qu'on est là. »

C'est ainsi qu'Aline ne put plus sortir seule, en tous cas pas le soir où
l'ombre porte au mal. Et Aline fut
obéissante. Mais on lui avait pris ce
qui fait que la vie est de nouveau
douce, une fois passé le temps de l'enfance où elle a un goût sucré. Les pre-
miers jours, elle secoua son chagrin,
prenant de bonnes résolutions ; elle
se disait : « C'était pas permis, je n'y
pensais pas ; c'est dur, mais puisqu'il

ALINE

le faut... Si je rencontre Julien, je ferai semblant de ne pas le voir ; s'il m'aime, c'est lui qui viendra. Il finira peut-être par se dire : « Je veux me marier avec elle. » Ce sera bien plus agréable, je n'aime pas quand on se cache. » C'est ce qu'elle se disait. C'est ce qu'elle se disait au commencement, et elle allait dans le jardin, avec sa petite ombre bleue et l'été qui chantait parmi les carottes et dessus les murs.

Mais il se passa que son amour, ayant grandi comme une plante sous une dalle, dérangea ses raisonnements. Il poussa toujours plus fort, elle souffrit toujours plus. Il lui semblait que chaque jour en passant jetait une pierre dans son cœur ; il devenait si pesant qu'elle tombait de fatigue. Elle perdit ses joues roses et son appétit. Elle regardait vers la route, cherchant Julien des yeux : « Où est-il, se disait-elle ; comme je voudrais le revoir ! »

Et, chaque soir, au soleil couchant, quand venait l'heure, elle se sentait un peu plus triste, revoyant le petit bois, le pré et le ruisseau où son esprit s'en retournait, car l'esprit a la liberté et il est rapide, mais le corps est attaché et l'esprit se moque de lui. Elle enviait les hirondelles qui sont libres dans le ciel.

Cependant le temps s'en allait quand même, à pas traînants, comme un mendiant sur la route. Elle continuait de travailler, elle portait la même robe, et le même chapeau ; qui est-ce qui se douterait de ce qui se passe en vous, quand en apparence, ainsi, rien ne change et que c'est dans le fond des yeux qu'il faudrait vous regarder ?

Et, de la sorte, le temps passa encore jusqu'à un certain soir où Aline était au jardin, et sa mère pensa bien faire.

ALINE

Aline était assise sous le prunier, la tête contre le tronc, quand la vieille Henriette arriva ; et elle avait son tricot, mais on n'y voyait plus assez pour tricoter, alors elle avait croisé les mains sur ses genoux.

Et, se tournant vers sa fille :

— Tu vois que tu avais bien tort de te faire tant de mauvais sang ; c'est des choses qui passent vite.

Ce fut tout ce qu'elle dit, mais une petite parole est suffisante. Aline sentit son cœur qui se levait tout droit, ayant retrouvé le courage et la volonté. Son cœur disait : « Non, c'est des choses qui ne passent pas. » Alors elle connut le véritable amour ; il éclata soudain comme un feu dans la nuit.

Car son premier amour était l'amour des petites filles qui sont seules, et un garçon passe. On aime quelqu'un de fort, parce qu'on est femme

et faible, et que le monde est grand.
Mais son nouvel amour marchait debout devant elle, à présent. Elle aurait voulu aller vers Julien tout de suite, se jeter contre lui, lui demander pardon.

Henriette était là et ne savait rien de toutes ces choses. Elle ne bougeait pas ; elle ne disait rien, n'ayant plus rien à dire. On voyait son nez courbe et un tas d'années sur son dos voûté. Et Aline, regardant sa mère, désira qu'elle mourût. C'est que l'amour va droit devant lui comme les pierres qui roulent des montagnes.

IV

. Quand Henriette fut couchée, Aline
prit une feuille de papier. C'était un
papier bleuâtre, comme on en voit
dans les vitrines des boutiques de villages, parmi les pipes, les vieux savons,
les épingles à cheveux. En haut, dans
le coin, il y avait deux mains roses
enlacées avec des belles manchettes de
dentelles et une couronne de myosotis autour ; on lisait dessous : « Ne
m'oubiiez pas. » On se sert de ce papier entre amies pour les anniver-
saires et entre amoureux pour les bil-
lets doux ; on se le donne aussi en

cadeau ; on en achète deux ou trois feuilles qui jaunissent sur les bords dans une armoire.

Aline trempa sa plume dans l'encrier et écrivit au milieu de la page :

« *Cher Julien*, »

mais elle n'alla pas plus loin d'abord, parce qu'elle avait besoin de réfléchir. On a beau aimer tant qu'on peut, on ne sait pas toujours comment dire qu'on aime. Et il est plus difficile encore de l'écrire ; il semble que les mots s'accrochent à la plume et ne veulent pas se laisser amener sur le papier. La bougie brûlait sur la table. Parfois un moustique se jetait dans la flamme, alors on entendait un petit pétillement et il tombait dans la cire fondue. Il y avait un courant d'air ; de grandes ombres bougeaient sur le mur.

Mais, tout à coup, Aline reprit sa

ALINE

plume et elle ne s'arrêta plus, les idées
lui étant venues. Comme elle avait
perdu l'habitude d'écrire, depuis qu'elle
n'allait plus à l'école, et que ses doigts
s'étaient raidis, elle était obligée de
s'appliquer beaucoup ; c'est pourquoi elle tirait la langue. La plume
était rouillée. Pourtant toutes les lettres étaient bien arrondies et les majus-
cules avaient de belles boucles, des
pleins et des déliés, comme sur les
modèles d'écriture. Il arrivait seulement que les lignes remontaient du
côté droit, car il est difficile d'écrire
sur du papier tout blanc ; quelquefois
aussi, à la fin des phrases, les mots
étaient un peu tremblés.

Aline écrivit pendant longtemps.
Ensuite elle signa. C'était une longue
lettre qui prenait presque deux pages.
Il était dit dedans :

ALINE

« *Mon cher Julien,*

« *J'ai tellement peur que tu sois fâché que je veux te dire que je ne suis pas fâchée, seulement c'est maman qui ne veut pas que j'aille, parce qu'elle m'a vue et j'aurais bien voulu retourner, mais je n'ai pas pu ; seulement je ne peux plus ; si tu veux, nous nous reverrons comme avant, mais plus tard, j'ai pensé, si tu veux m'attendre demain soir vers les dix heures vers la maison, elle dort et si tu ne peux pas, mets une lettre sous la haie, là où il y a le prunier, mais tu pourras bien, parce que je t'aime et je te dis adieu à demain.*

« *Ton amie qui t'aime de tout son cœur.*

« *Aline* ».

Lorsqu'elle relut sa lettre, elle ne put pas croire que c'était elle qui l'avait

ALINE

écrite. Il lui semblait que quelqu'un la lui avait dictée. Elle colla l'enveloppe et mit l'adresse : Monsieur Julien Damon. Comme l'écriture était grosse et que l'enveloppe était étroite, le dernier mot se trouvait être coupé en deux.

La bougie était presque brûlée. Elle pensa à sa mère qui dormait dans la chambre à côté. Qu'arriverait-il si sa mère savait ? Mais elle était bien résolue. Elle ouvrit la fenêtre et se glissa dehors.

Il était onze heures. Le vent soufflait par intervalle sur la route déserte. Il y avait partout la nuit qui fait peur avec son silence et ses formes noires qui remuent, mais Aline avançait quand même, longeant les murs. Sur la place, l'auberge était encore éclairée. Ses fenêtres découpaient deux carrés rouges de pavés où on voyait

l'angle du perron aux degrés usés et
une mangeoire ; tout le reste était dans
l'ombre. Sous la grosse lampe en cui-
vre de la salle à boire, la servante
allait et venait, rangeant les escabeaux
sur les tables, afin que tout fût prêt
pour balayer le lendemain matin.
Aline s'arrêta un instant. Puis la lettre, en tombant dans la boîte, fit un
grand bruit. C'était fini. Alors son
courage s'en alla d'un seul coup.

Elle rentra à la hâte. Les grillons
criaient sans s'arrêter dans la campagne ; parfois la voix des crapauds, molle comme du coton, arrivait de l'étang.
Un chat glissa près d'elle. Elle chance-
lait sur ses jambes.

La lumière pourtant la rassura. Elle
craignait surtout que sa mère ne l'eût
entendue, mais rien ne bougeait dans
la maison. Elle dormit mal. Ses rêves
se mêlaient à la réalité. Parfois elle se

ALINE

disait, sortant de ses songes : « C'est peut-être pour demain soir. » Puis elle pensait : « Non, c'est déjà pour ce soir ! » car minuit était passé. Elle frissonnait. Elle avait chaud à la tête et froid aux pieds. Enfin l'aube s'agita devant les croisées comme un lambeau de toile grise, elle entendit sa mère se lever et elle se leva, elle aussi.

Henriette lui dit :

— Comme tu es matineuse aujourd'hui !

Elle répondit :

— Je n'avais pas sommeil.

Elle sortit dans le jardin, les nuages se défaisaient un à un. De petits lambeaux de ciel bleu se montraient dans les déchirures. Les nids étaient vides, les oiseaux ne chantaient plus. Et des gouttelettes restées au creux des feuilles brillaient comme des morceaux de miroir.

Aline était comme quelqu'un qui va partir pour un grand voyage. Toute sorte d'attaches s'étaient brisées dans son cœur. Il y avait dedans le regret du passé et la crainte de l'inconnu ; mais il y avait aussi de grands désirs comme des vagues qui la portaient vers Julien.

Elle se mit à récurer la cuisine, frottant à genoux le carreau, un tablier de serpillière noué autour des reins. Elle frottait de toutes ses forces avec une brosse et du savon, pour faire passer le temps, pendant que l'eau faisait de l'écume et que ses mains devenaient violettes, à force de tordre le torchon.

Elle nettoya ensuite le râtelier aux assiettes luisantes, ternies au milieu par l'usure.

A l'heure du café, une voisine entra emprunter du cerfeuil pour sa soupe du soir. Ce sont des services qu'on se

ALINE

rend entre ménages. Elle s'assit pour
faire un bout de causette.

— Voilà un air de bise.

— Oui.

— C'est pour le beau.

— Peut-être bien.

Aline n'entendait rien de ce qu'on
disait. Il lui semblait qu'elle avait les
oreilles bouchées avec de la cire. Mais
comme le temps dure ! Et elle pensait : « Est-ce qu'on voit comment je
suis par dedans ? » Elle croyait que
tout le monde devait pouvoir lire dans
son cœur. Déjà la journée penchait
vers le soir. Depuis longtemps la voisine s'en était allée, portant son cerfeuil sous le bras dans une feuille de
papier. Et Aline commença d'avoir
bien peur.

Elle avait peur d'avoir osé faire ce
qu'elle avait fait. Tout à coup, elle se
dit : « Comme le temps va vite ! » elle

venait de se dire : « Comme le temps va lentement ! » Mais l'amour est ainsi. Elle se disait encore : « Voilà le soleil qui se couche, il faudra bientôt que j'aille. Oh ! non. » Et aussitôt son cœur lui répondait : « Quel bonheur ! »

La nuit venait. Elle alla voir sous la haie s'il n'y avait point de lettre et il n'y en avait point. Elle pensa : « Il va venir ! » Henriette finissait de mettre en ordre la cuisine. Le soir ramène la fatigue, elle avait sommeil. Elle dit à Aline :

— Tu vois, quand tu veux t'y mettre ! On a bien avancé aujourd'hui.

Et Aline répondit :

— Oh ! oui.

V

Le facteur qui fait sa tournée a des pantalons bleus, une casquette à liserés rouges, une blouse grise. Il range ses lettres dans son sac de cuir ; il va de maison en maison ; puis il sort du village, sa blouse grise gonfle au vent, il devient tout petit. Plus tard, il s'en revient, jette son sac sur un banc et dit :

— Ça y est.

Et, à chaque lettre qu'il tend, c'est des choses qui arrivent.

Le facteur dit à Julien :

— C'est pour vous, aujourd'hui, ça ne vient pas de bien loin.

Comme Julien ne recevait pas beaucoup de lettres, il eut de l'étonnement, il pensa : « Ça vient du village. C'est une écriture de femme, pour sûr. Qu'est-ce que ça peut bien être ? »

Il entra dans la grange pour lire.

— Tonnerre ! dit-il. Aline !

Alors il lut la lettre une seconde fois pour être bien sûr. Il riait tout seul en se donnant des coups du plat de la main sur la cuisse. Il se disait : « Moi qui croyais que c'était fini, ça m'ennuyait bien ; et puis, voilà ! rien du tout. Faut-il qu'elle m'aime ! »

Il se mit à siffler, tellement il était heureux. La grange était haute comme une église ; on voyait le foin, la paille et, plus haut, dans l'ombre, le dessus des tuiles et les lattes du toit qui descendaient en pentes égales jusqu'au

ALINE

faîte des murs où un peu de jour passait ; on entendait, dans l'écurie, le ruminement des vaches et le bruit des chaînes ; le foin qui fermentait sentait fort ; la porte, dans le jour, brillait comme une plaque d'argent.

Julien enfonça ses mains dans ses poches. Il se sentait solide sur ses talons. On disait dans le village : « Pour un beau parti, c'est un beau parti. » Sa mère aimait à répéter « On ne voit pas beaucoup de garçons comme lui. » Et, tout au fond de son idée, il trouvait que sa mère avait raison.

Le père Damon était syndic et riche. Il avait de la chance. C'est pourquoi son bien allait s'arrondissant tout seul année après année, comme une courge qui mûrit. C'est de ces gens qui sont partis sur le bon pied, les héritages viennent, et on n'a rien qu'un fils par dessus le marché. Le monde est le

monde ; les uns ont tout, les autres
n'ont rien.

Il avait une grande maison bâtie en
bonnes pierres, avec des murs peints
en jaune, un large avant-toit et de
grosses cheminées. Les chambres étaient
à un bout, les écuries à l'autre bout ;
le fumier, sur le devant, était lui-même
gros, carré et bien lissé sur les côtés
comme une autre maison plus basse.
Les hirondelles nichaient sous les poutres de la remise ; elles partaient chaque automne, elles revenaient chaque
printemps. Les contrevents étaient
verts, et, parmi les tuiles brunes, il y
avait deux grandes lettres L. D. faites
de tuiles neuves d'un rouge vif qu'on
distinguait de très loin.

Julien dîna de bon appétit, après
quoi il attela les chevaux au char à
échelles pour aller chercher le froment. Le champ moissonné, au pen-

ALINE 65

chant de la colline, ressemblait à un
drap de toile jaune déroulé dans les
prés gris. Les gerbes étaient couchées
tout le long du champ, l'une à côté de
l'autre. Et il n'y avait qu'un seul arbre,
parce que les troncs gênent pour la-
bourer.

Alors les ouvriers, qui s'étaient assis
à l'ombre, empoignèrent leurs four-
ches ; ils les enfonçaient d'un seul coup
dans les gerbes bien liées qu'ils char-
geaient d'un mouvement sinueux des
reins, les bras levés ; Julien, sur le
char, les rangeait de manière que le
poids fût partout également réparti.

Il songeait à Aline. Il se disait :
« Elle a les yeux bien jolis ; on ne sait
pas si elle les a bleus ou noirs ; ils sont
bleus, mais noirs aussi suivant comme
elle est tournée ; on dirait des yeux de
poupée ; et puis elle a de bien jolis
cheveux. Je suis rudement content de

la revoir. C'est sa mère qui n'est pas commode ; c'est une vieille femme ; elle s'imagine des choses ; à dix heures qu'elle a dit ». Et il tâtait la lettre dans sa poche.

Les taons bourdonnaient autour de l'attelage ; il y en avait qui étaient gros comme des guêpes et velus, ceux-ci s'abattaient soudain ; d'autres, petits et minces, tournaient longtemps avant de se poser. Ils faisaient comme une buée noire et les chevaux, dedans, avec leurs ventres saignants et leurs queues battantes, clignaient doucement leurs grands yeux bleuâtres.

Toutefois, les gerbes furent vite chargées. Julien prit ses bêtes par la bride et cria : « Hue ! Coco. Hue ! Bichette. » Les traits se tendirent ; les roues enfoncées dans le sol se dégagèrent lentement. C'était la fin des cerises qui pendaient sèches aux hau-

ALINE

tes branches où les oiseaux viennent piquer autour du noyau qui blanchit. Le chemin descendait, les roues sautaient dans les ornières et les épis, dépassant la masse oscillante des gerbes, tintaient à chaque choc avec un bruit de métal.

Julien faisait claquer son fouet. Les filles qui moissonnaient au bord du chemin levaient la tête pour le voir passer. Quand la pente devenait raide, il serrait la mécanique qui grinçait. Les roues enrayées soulevaient une grosse poussière pleine de l'odeur du froment. Et lui, pendant ce temps, continuait à penser, se disant : « A dix heures, il y a bien ceux qui sortent de l'auberge, mais aujourd'hui ils seront fatigués ; un jour de moisson, ça coupe les bras ; on sera seuls, alors tant mieux. Elle fera tout ce que je voudrai. »

A mesure que le soleil baissait, les

ombres des arbres s'allongeaient, puis elles pâlirent et se confondirent dans le crépuscule qui montait du fond des vallons. Des hommes et des femmes, le râteau sur l'épaule, s'en venaient le long de la route rose, et, disparaissant derrière les arbres, reparaissaient plus loin sur le ciel doré. On entendit un harmonica qui jouait. Mais la nuit, qui venait déjà, prit tous les bruits contre elle en passant et les emporta. Julien sortit de chez lui. Il cueillit une gaule dans un buisson, il la pliait entre ses doigts. L'air était frais et léger comme une eau fine. Toutes sortes de choses embrouillées tournaient dans sa tête qui faisaient ensemble du plaisir. Il avait besoin de marcher.

Le village s'endormait comme tous les soirs ; c'est le moment où les étoiles s'allument ; elles brillent au ciel et les lumières sur la terre ; ensuite

ALINE

les lumières s'éteignent, le repos descend sur l'homme. Les grands lits ont des draps froids. Le maître se couche auprès de sa femme ; les ouvriers dorment sur le foin. Et les étoiles restent seules au-dessus des espaces noirs.

Julien, étant arrivé près de chez Henriette, s'arrêta de l'autre côté de la route, sous un saule qui est là, et attendit.

La vieille Henriette n'était pas couchée, il y avait deux lumières aux fenêtres de la maison. Julien se dit : « Aline doit m'attendre, mais la vieille n'est pas pressée d'aller se mettre au lit, ce n'est pas encore le moment. »

Il était bien sûr qu'Aline viendrait, pourtant il trouvait le temps long. Il se mit à compter jusqu'à cent, et, toutes les fois qu'il était à cent, il se disait : « Encore une minute ! » Puis il dit :

— Voilà dix heures.

ALINE

L'horloge sonnait rauque comme un cheval qui tousse, et on entendait le battant retomber.

« Oui, voilà dix heures, la vieille ne veut pas encore s'endormir. Heureusement qu'on entend les heures, il fait bien trop nuit pour voir à sa montre, et puis Aline n'a point de montre. Il faudra que je lui en donne une, si ce n'est pas trop cher ; une en acier, c'est plus solide. »

Il se remettait à compter : « Un... deux... trois... dix... vingt. » Tous ces chiffres pour finir lui faisaient mal à la tête.

« Qu'est-ce qu'il y a ? qu'est-ce qu'il y a ? A dix heures, pour des femmes, on est couchée, bien couchée ; ce serait le moment de dormir. Est-ce embêtant ! » Ses jambes devenaient raides comme des bâtons plantés dans la terre. « Elle s'est peut-être moquée de

ALINE

moi, pensait-il ; elle le paiera. » Mais,
tout à coup, les deux lumières, l'une
après l'autre, s'éteignirent.

Julien s'avança au milieu de la route.
Il se disait : « Est-ce qu'elle me voit, à
présent ? » Il y eut un petit bruit,
comme un frôlement, une forme grise
se montra à la fenêtre : c'était elle. Il
la vit venir, elle était sans chapeau ;
son visage était dans l'ombre comme
un rond pâle.

— Est-ce que c'est toi ? dit-il.

Elle répondit :

— Oui, il faut faire doucement.

— Ah ! reprit-il, tu es tout de même
une toute bonne !

Elle dit :

— Je t'aime bien.

Elle était contre lui, il sentait sa chaleur. Alors il la prit dans ses bras et
la serra contre son ventre. Il lui semblait qu'il ne pourrait jamais la serrer

ALINE

assez fort. Il serrait si fort qu'Aline avait de la peine à respirer et lui aussi. Ils crurent qu'ils allaient mourir.

La nuit avait attiré les nuages, ils couvraient de nouveau le ciel, ils étaient noirs dans l'obscurité. On voyait par les trous de petites étoiles qui tremblaient. Le vent passa dans les branches.

— Où est-ce qu'on va ? dit Aline.

— C'est vrai qu'on ne peut pas rester ici.

— Bien sûr que non. Allons dans le bois.

— Il fait trop nuit.

— Alors mène-moi.

Il répondit :

— Oui, laisse-moi faire.

Il l'emmena par un petit chemin qui se perdait par places dans l'herbe. Il était bordé de noyers. L'ombre s'écartait à leur passage et se refermait der-

ALINE

rière eux, comme un rideau qui re-
tombe. Aline s'inclinait vers Julien. Il
éprouvait ce poids, il sentait le sang
rouler dans ses veines, il avait la bouche sèche et de l'eau sous la langue.

Ils allèrent ainsi un petit moment.
Puis ils s'assirent au revers d'un talus ;
l'herbe y était épaisse.

— On serait bien là pour dormir,
dit Aline.

Julien répondit :

— N'est-ce pas que oui ?

— Tu ne sais pas comment j'ai été
toute la journée ? Je me demandais :
« Est-ce qu'il viendra ? » Ce soir, j'ai
été voir s'il y avait une lettre, et il n'y
avait point de lettre ; alors j'ai pensé
que tu viendrais et j'ai été guérie parce
que j'étais malade de ne plus t'avoir.

Julien dit :

— Embrasse-moi.

Elle l'embrassa. Elle reprit :

— On est tellement bien ici. On est comme chez nous.

Ensuite elle s'abandonna, cédant peu à peu comme un jonc qui plie, et ils se trouvèrent étendus côte à côte, tellement près que leurs visages se touchaient. Elle vit encore au-dessus d'elle un coin du ciel noir ; puis elle ne vit plus rien.

Le vent avait éteint les dernières étoiles et portait les nuages d'un seul mouvement vers le nord. Bientôt, il commença de pleuvoir. Les gouttes tombèrent, d'abord larges et espacées, on aurait pu les compter ; puis elles devinrent fines et drues. L'air passa comme une grosse boule molle. On entendit une grenouille sauter dans le ruisseau.

Aline soupira ; Julien répétait :

— Tu es bonne, une toute bonne.

Il ajouta :

ALINE

— C'est que tu sais, il pleut.

— Est-ce vrai ? dit-elle. Mon Dieu !
je suis toute mouillée.

Il dit :

— Embrasse-moi quand même encore une fois.

VI

Comme elle se peignait devant son miroir, Aline vit la joie qui était cachée dans le fond de son cœur se lever près d'elle et l'appeler par son nom. Elle sourit. Ses cheveux lissés éclairaient son front ; elle était lavée d'eau fraîche. Et ce fut le jour de la plénitude, mais ce jour est court.

Elle avait d'abord failli être découverte, le vent ayant fait battre ses croisées après son départ.

— Qu'avais-tu besoin, dit Henriette, de laisser ta fenêtre ouverte, cette nuit ?

ALINE

Elle n'avait pas su que répondre.
Elle avait dit :

— C'est que je dormais.

Et elle fut bien grondée, mais sa
mère ne s'était doutée de rien. Et il
aurait mieux peut-être valu pour elle
qu'il n'en fût pas ainsi, seulement il
y a un arrangement des choses qui
est fait depuis toujours ; nous en-
trons par les portes qui s'ouvrent
devant nous et les autres restent fer-
mées.

Le fourneau fumait, la fumée sentait la vanille, le feu tirait mal, il faisait toujours un gros vent. Aline s'é-
merveillait des choses, car rien n'était
plus comme avant. C'était bien sa
mère, c'était bien la table et les chaises, le foyer noir et les fagots auprès,
mais ce n'était plus rien de tout cela.
Ou bien c'était tout cela avec autre
chose encore. Elle, non plus, n'était

plus comme avant. Elle ne serait jamais plus comme avant.

Cependant la vie l'avait reprise. Elle voyait qu'il faut être prudente et qu'elle ne l'avait pas été. Elle arrangea soigneusement tout dans sa tête. Quand elle s'asseyait sur le rebord de la fenêtre, elle n'avait qu'un tout petit saut à faire, on pouvait sortir de la maison sans faire de bruit. Elle soufflerait sa lampe comme elle avait fait, mais ensuite elle écouterait à la cloison ; on reconnaît quand les gens dorment à leur façon de respirer ; puis elle attacherait les croisées avec des ficelles. Elle aurait aussi ses souliers à nettoyer en rentrant, sa jupe à brosser ; enfin il lui faudrait se coucher sans lumière. Elle pensait : « Il y a en tout quatre ou cinq choses. » Elle ne rougissait plus de mentir.

Quand le soir fut venu, elle fit donc

ALINE

comme elle avait pensé. Elle avait même troussé sa jupe. Julien avait bien dormi et bien mangé ; il rit, disant :

— On te voit les mollets, tu as du bonheur qu'il fasse nuit.

— C'est que tu sais, j'ai été grondée.

Elle raconta tout ce qui s'était passé pendant la journée, vidant son cœur comme on vide un·sac, parce qu'il lui semblait que tout ce qui était à l'un était à l'autre et qu'ils n'avaient plus qu'une vie entre les deux.

— Et puis, disait-elle, pendant que je dînais, j'ai pensé que tu dînais aussi, pendant que je mangeais mon pain, j'ai pensé que tu mangeais ton pain, et j'ai été bien contente. Est-ce que tu penses à moi, quand je pense à toi ?

Il répondit :

— Bien sûr !

Chaque soir, ils se retrouvèrent. Ils

suivaient le sentier jusqu'à l'endroit qu'ils s'étaient choisi. C'était un endroit solitaire ; une haie bordait le talus du côté du chemin ; de l'autre côté, les champs se relevaient en pente douce ; au fond, coulait une rigole ; un gros poirier les enveloppait de ses branches retombantes, l'herbe était molle comme un lit. Les étoiles les regardaient. Il y en a trop, on ne peut pas les compter. Il y en a qui sont jaunes, d'autres vertes, d'autres rouges. Les unes tremblent comme des chandelles dans le vent ; les autres sont fixes comme des clous enfoncés dans une planche. Il y en avait aussi qui étaient comme de la poussière.

La lune sortait de derrière la colline ; elle s'élargissait lentement, découpée dans le bas comme une scie à cause des sapins ; puis elle se poussait toute ronde et cahotante sur les pentes du ciel. On voyait autour d'elle une lueur trouble

ALINE

comme une couronne. Sa lumière en tombant détachait des branches une ombre froide, et le ciel tout à coup était vide de ses étoiles.

— Tiens, disait Julien, voilà la lune qui se lève.

Aline répondait :

— On dirait que c'est le bois qui brûle.

— Comme elle est rouge !

— Et puis, à présent, elle est toute blanche.

— Elle est grande comme un gâteau.

Leurs voix se tenaient un moment au-dessus d'eux, avec incertitude ; bientôt, rabattues par la lune, elles s'égaraient dans les buissons.

Aline reprenait :

— Elle a des yeux, un nez et une bouche comme une personne.

— Oh ! disait Julien, elle est comme une tête de mort.

— Ne parle pas de ça, disait Aline, ça porte malheur.

Les bêtes de la nuit bougeaient dans les haies, la chouette criait dans les bois ; c'était ensuite comme s'ils tombaient dans un trou ; ils y restaient longtemps, étourdis. Mais, peu à peu, la terre, le ciel, la nuit ressortaient autour d'eux ; et ils sentaient une fatigue douce dans tous leurs membres. Le plus souvent, ils parlaient peu, ils ne savaient pas que se dire.

Aline disait :

— Je t'aime tellement ! tellement !

Il répondait :

— Moi aussi.

C'était tout.

Ils n'avaient pas besoin d'autre chose que de se voir et de se toucher. Aline mettait sa main dans celle de Julien et se blottissait contre son épaule ; le drap rugueux grattait contre sa joue.

ALINE

Elle disait :

— Ça me pique, c'est comme du poil.

— C'est que c'est de la bonne étoffe.

Parfois ils parlaient du passé. Elle regrettait le temps perdu sans Julien. Quand on aime, le temps où on ne s'est pas aimé est comme une belle robe qu'on n'a pas mise.

— Sais-tu, dit-elle, j'étais toute petite, j'avais une poupée ; un jour, elle est tombée dans le ruisseau, on l'a repêchée avec une grande perche, seulement le son avait fondu. A présent, ça m'amuse, mais j'ai eu beaucoup de chagrin.

Il disait :

— C'est comme moi, une fois que je m'étais fourré dans les pois. C'est pas bien grand un carreau de pois, pourtant c'est haut ; quand on y est on ne voit plus rien ; ça a des branches qui cachent tout, qui vous prennent comme des bras. J'étais gourmand ; les pois, c'est bon ; et puis, on m'a cherché, moi je ne répondais rien, parce que j'avais peur d'être attrapé. Ah ! la... la... tu vois, trois quarts d'heure ; et puis, mes amis, quelle fouettée !

Ils riaient. Une fois, elle se mit à pleurer. Il ne comprenait pas ce qui lui arrivait. Il dit :

— Qu'as-tu ?

Elle répondit :

— Je ne sais pas.

— Est-ce que je t'ai fait du chagrin ?

— Oh ! non.

— Alors, quoi ?

— C'est parce que je t'aime.

Mais l'idée de Julien était qu'on n'avait pas besoin de pleurer parce qu'on aime. On n'a qu'à se prendre et à s'embrasser. Les femmes n'ont pas la tête bien solide. Elles pleurent pour le bon-

ALINE

heur, elles pleurent pour le malheur. Il voyait qu'Aline n'était pas faite comme lui. Il eut un peu pitié d'elle.

Il pensait aux filles qu'il avait rencontrées. On part en bande le dimanche, on va dans les villages voisins. Et là, on fait des connaissances. Il y avait une grande fille rouge qui s'appelait Jeanne, qui riait en secouant la tête ; elle n'avait pas pleuré, celle-là. Et une autre petite et maigre qui avait toujours des pommes dans sa poche et qui disait :

— En veux-tu une ?

Et elle mordait dans sa pomme en ouvrant la bouche toute grande et on entendait la pomme craquer. Julien pensait : « Et puis, quand même, elles se ressemblent toutes. Elles ont les cheveux comme ci, comme ça, elles sont grandes ou bien petites, elles rient ou bien elles pleurent, ça n'y fait rien ; elles y viennent l'une après l'autre.

Elles ne peuvent pas se passer de nous... »

Mais Aline, tout à coup :

— A quoi penses-tu ? tu ne dis plus rien.

Il se rappela qu'elle était là.

— A quoi je pense ? A toi, bien sûr.

Alors il lui serra le bras pour la faire crier.

— Oh ! disait-elle en riant, lâche-moi, tu me fais mal.

Mais il serrait plus fort.

— C'est pour qu'on sache pourquoi tu pleures.

— Tu me fais bien mal, reprit-elle, tu sais.

Et lui :

— C'est que je ne serre presque pas, c'est à peine si je te touche. Ah ! si je voulais, tu verrais.

Ensuite, comme ils se levaient pour rentrer, il la prit des deux mains par

ALINE

la taille et la souleva pour lui faire voir qu'il était fort. Il disait :

— Veux-tu que je te porte ?

— Tu ne pourrais pas bien long-temps.

— Moi ! attends que j'essaië.

Et il l'emporta dans ses bras le long de la haie, comme un petit enfant.

— Tu n'es pas bien lourde, disait-il. Ah ! non. J'en porterais d'autres.

Et, comme elle marchait de nouveau près de lui :

— Tu n'es pas bien grande non plus.

Il pensait : « Elle se laisse faire, elle est bien commode... seulement, ajoutait-il dans sa tête, c'est toujours la même chose. »

La semaine s'écoula. Le dimanche soir, on dansa au village.

On avait construit un pont de danse sous les ormes derrière l'auberge. Vers les cinq heures, la musique arriva, et ils étaient six, trois pistons, une clarinette, un bugle et un trombone. Alors, ayant bu un verre pour se donner du souffle, ils s'assirent sur l'estrade enguirlandée et la danse commença. Les gros souliers battaient les planches en mesure ; les musiciens, gonflant leurs joues, regardaient à droite et à gauche sans s'occuper de leur musique, tant ils en avaient l'habitude. On n'entendait de loin que le trombone qui poussait ses grosses notes espacées comme un ronflement ; de plus près, les pistons aigus, mêlés au bruit des pas qui marquaient la cadence, faisaient un grand tapage. Après chaque danse, les musiciens remplissaient leurs verres qu'ils vidaient d'un seul coup, la foule envahissait l'auberge, et les filles avec leurs ceintures de toutes les couleurs se promenaient dans le village.

Des drapeaux rouges à croix blanche

ALINE

et d'autres verts et blancs flottaient aux fenêtres de la salle à boire ; il y avait aussi des lanternes de papier pendues au-dessus du perron. Tout autour du rond de danse, des branches de sapin qui sentaient la poix cachaient la charpente. Les enfants tiraient des pétards ; des charrettes aux brancards relevés attendaient devant les maisons ; le crépuscule était rose. Enfin la nuit tomba.

Aline et Julien écoutaient de loin la musique. Elle leur arrivait nette ou presque indistincte, selon que la brise hésitante la poussait jusqu'à eux ou la laissait retomber. Elle sortait de l'ombre et elle était triste.

Julien disait :

— Voilà qu'ils dansent une polka... à présent, c'est une valse. Quand même, si on avait pu y aller!

— On ne pouvait pas.

— Naturellement.

Il reprit :

— C'est que c'est bien joli au moins,
c'est une bien bonne musique, des
gens qui jouent toujours ensemble et
qui les savent toutes par cœur. On commence tard, on n'a pas trop chaud.
L'aubergiste a du fameux vin. Enfin,
voilà !

Ils se turent. A la fin d'un air, la
musique cessait ; elle reprenait presque
aussitôt ; et, pendant les silences, on
entendait des éclats de voix et de gros
rires.

— Ils ne s'ennuient pas, recommença
Julien.

— On est encore mieux ici.

— Oui, seulement adieu la danse.

— Ecoute, dit Aline, si on en dansait une ; on entend assez la musique.

— Oh ! allons-y, si tu veux.

Elle dit :

— Je n'osais pas te le demander.

ALINE

— Pourquoi pas ?

— Comme ça.

— Comme ça, dit-il, on sera du bal,
nous aussi.

Ils dansèrent sous le grand poirier.
Leurs haleines confondues leur échauf-
faient le visage. Aline fermait les yeux,
la tête appuyée sur l'épaule de Julien ;
leurs jambes se mêlaient. Parfois la
musique faiblissait et ils piétinaient sur
place ; quand elle recommençait, ils
tournaient plus rapidement pour rat-
traper la mesure. Et toute la nuit tournait autour d'eux, avec le poirier, les
collines, le bois, le ciel et les étoiles,
comme dans une grande danse du
monde.

Ils tournèrent ainsi longtemps. Mais
Julien glissa sur l'herbe. Il se dit tout
à coup que les autres dansaient sur un
plancher avec de la lumière et de quoi
boire, — eux dans un pré mouillé, sous

un arbre, comme des fous. Une espèce
de colère lui entra dans le cœur.

— J'en ai assez !

— Déjà ?

— Déjà ? il y a un bon quart d'heure
qu'on tourne.

Ils se regardèrent, ils se voyaient à
peine. Des noyers noirs et compacts
comme des blocs de rocher fermaient la
prairie.

Aline dit :

— Tu es fâché ?

— Oh ! dit-il, c'est la fatigue.

Elle soupira. L'orchestre commençait
la dernière valse.

Le vrai amour ne dure pas longtemps.

VII

Le lendemain, il se mit à pleuvoir. Le ciel pendant la nuit s'était chargé du côté de Genève, d'où vient le mauvais temps ; au petit matin, le soleil fut rouge. Les premières gouttes tombèrent peu après.

·Mais les moissons étaient rentrées, la pluie arrivait au bon moment. Elle tombait sur les toits avec un bruit égal qui donne sommeil. Elle débordait des gouttières comme une chevelure. Il y avait sur la route des mares rondes et entre les mares de petits canaux entre-croisés comme les mailles d'un filet. Les

regains nourris s'enflèrent et verdirent.
Julien regardait pleuvoir. Il pensait :
« Adieu pour ce soir. Après tout, on
pourra se coucher de bonne heure. » Et
cette idée lui était agréable, parce qu'il
avait du sommeil en retard.

Mais le surlendemain, il plut encore.
L'ennui est vite là quand on n'a rien
à faire. Julien se dit : « Allons à l'auberge. » Alors, à l'auberge, il y eut Constant.

Les charpentiers démolissaient le
pont de danse. On avait ôté les drapeaux et les guirlandes, et tout. L'auberge avait l'air d'avoir vieilli tout à
coup, plus noire, toute ridée et montrant
son crépi tombé par place sous les
fenêtres. Tout était devenu mort comme
quand l'orage a passé. On lisait sur
un écriteau noir à lettres jaunes :
Auberge Communale. L'enseigne en tôle
où un paysan tient les cornes de la

ALINE

charrue pendait tristement au bout de
sa potence.

Julien monta le perron. L'odeur du
vin sortait par bouffées du corridor.
C'est une odeur qu'on aime à sentir de
nouveau. En entrant dans la salle, il
revit les tables de bois brun, le poêle
de faïence, les tableaux au mur, et il
fut content. Constant était assis tout
seul dans le bout d'une des tables. Et
il fut content, lui aussi, car il s'ennuyait. Il dit :

— Tiens ! c'est toi. Salut !

Ils s'assirent l'un en face de l'autre.

— Qu'est-ce qu'on prend ?

— Un demi.

— Va pour un demi.

Constant était un grand garçon avec
une barbe de la même couleur que sa
peau, c'est-à-dire rouge, et des cheveux
ras un peu roux. C'était un tireur. On
lui voyait des grains de poudre au

coin de l'œil. Il se mettait devant la cible bien assis sur le talon, il visait longtemps en levant lentement son fusil de bas en haut. Le coup partait, le fanon rouge montait sur la butte. Il ne manquait presque jamais son carton. Alors il faisait sauter la douille et disait tranquillement :

— Encore un de décroché.

Et il allait chercher son prix qui était toujours le premier prix, une belle soupière ou une pendule-régulateur. C'est pourquoi il avait de l'importance.

La servante apporta le demi-litre. Julien remplit les verres. Ils trinquèrent.

— A ta santé !

— A la tienne !

— Un joli petit nouveau, dit Constant.

Il reprit :

— Qu'est-ce que tu fais ? On ne te voit plus.

ALINE

—« C'est ces moissons, répondit Julien, a-t-on eu à faire !

— Rien que les moissons ? répondit Constant en hochant la tête d'un air malin. Charrette ! elles t'auront pris du temps cette année.

— Je pense bien, dit Julien, je les ai encore dans les bras.

— Et le soir, est-ce que tu moissonnes ? Et ce bal, toi qui n'en manquais pas un. Ah ! le gaillard.

Constant s'égayait. Ses épaules sautaient en l'air et retombaient. Entre deux bouffées, il crachait par terre. Ensuite il frottait avec le pied.

— Regarde bien ce bal ! tu es un vieux fou ; est-ce qu'on se fâche, c'est bête. Un bal ! jusqu'au milieu de la nuit, roulement, tu sais, un bal, toutes les jolies filles, la Julie, l'Héloïse et des douzaines d'autres et une musique, il fallait voir, que les vieilles s'en mettaient et le vieux Gaudard qui est dans les huitante aussi, eux qui ont de la peine à se tenir debout, tonnerre ! Et on n'est que deux ou trois amis dans les jeunes, et en voilà un qui ne vient pas.

La servante écoutait, debout près de la vigneronne à jupe courte, qui souriait parmi les pampres sur une affiche clouée au mur. Constant vida son verre. Ensuite il poussa Julien du coude.

— Dis donc, qui est-ce ?

— Rien, dit Julien.

— Et ce qu'on dit par le village !

— Qu'est-ce qu'on dit par le village ?

— Rien, dit Constant du même ton.

Julien était mal à l'aise. Il avait posé ses poings devant lui, et il serrait les mâchoires d'un air têtu.

— Dis-moi au moins son nom.

Julien dit :

— Tu m'ennuies.

— Ah ! dit l'autre, tu es de mau-

ALINE

vaise. Eh bien, c'est comme tu voudras.

Julien ne répondit rien. Ils sortirent.
Sur la place, il y avait une grande flaque.
Des enfants, les culottes troussées, cou-
raient dedans en poussant des cris.

— Au revoir, dit Constant, ce sera
pour une autre fois.

Il plut toute la journée. Julien eut le
temps de s'asseoir l'esprit et de se regarder en dedans. Et il vit en dedans de lui
que le meilleur encore est de vivre
tranquille. Est-ce que ça vaut tant
d'histoires, une petite fille, une robe
bleue, un rien de plaisir ? Mais le plaisir
durait encore ; de sorte qu'il prit le
moyen parti.

Alors, le lendemain, le ciel secoua
ses nuages comme un oiseau ses plumes ;
et lorsqu'Aline aperçut Julien, elle courut à sa rencontre, elle disait :

— Ah ! te voilà, quel bonheur ! c'est
bien long, trois jours.

ALINE

Il répondit :

— Hein ? quelle pluie !

Le talus était trempé et le sol glissant.
Il reprit :

— On ne pourra pas rester là.

— Crois-tu ?

— On serait dans l'eau.

— Qu'est-ce qu'on va faire ?

— On ira faire un petit tour.

— Rien que ça ?

— Que veux-tu, c'est pas ma faute
s'il a plu.

Comme ils marchaient, Aline eut une
idée.

— Sais-tu ? Allons dans ta chambre.

— C'est pour rire ?

— Non, dit-elle.

— Et l'escalier qui est en bois, toute
la maison entendrait.

— Eh bien, dans la mienne.

— Ah ! tu sais, dit-il, on pourrait
croire des fois que tu as perdu la tête.

ALINE

On entendait respirer les arbres, il semblait que la nuit bougeait ; elle était tiède. Une petite vapeur traînait sur les bois.

— Tout de même, dit Aline, on serait bien mieux chez nous.

Elle était inquiète, ne sachant pourquoi, parce que c'est l'air qu'on respire et ce qui va venir qui est déjà sur nous. Elle suivait Julien. Ils allaient au hasard. Alors il pensa que le moment était venu.

— Vois-tu, dit-il, c'est que tu es une femme, les femmes ne comprennent pas ce que c'est. Est-ce que vous sortez seulement ? Comment voulez-vous voir les choses ? Nous, qu'on est des hommes, on voit plus clair, il faut me croire. Tu sais comment ils sont au village, c'est plein de jaloux. Et toutes les mauvaises langues. Si on nous faisait des misères !

— Qu'est-ce que ça fait ?

ALINE

— Qu'est-ce que ça fait? ça fait beaucoup. On ne pourrait plus se revoir.

Il reprit :

— Je me suis dit, avec ce temps et puis tout le reste, on devrait s'arranger une fois la semaine...

Aline ne comprit pas tout de suite.

— Pour quoi faire ?

— Pour se rencontrer.

Elle disait parmi ses larmes :

— Non, je ne veux pas.

Il disait :

— Ça me fait aussi de la peine, c'est pour ton bien que je te dis ça.

Mais elle répétait :

— Non, non, je ne veux pas.

Ses larmes coulaient toujours.

— Tu n'es pas raisonnable, dit-il ; tu ne sais pas ce qui pourrait m'arriver.

Elle renifla et, se tournant vers lui :

— Quoi ? dit-elle.

ALINE 103

— Est-ce qu'on sait ? veux-tu être gentille ? c'est pour moi.

C'était pour lui, elle dit oui avec la tête, ils s'arrêtèrent. Ils se trouvaient à mi-côte sur le versant de la colline. Le village se tenait au-dessous d'eux, tout emmêlé dans l'ombre avec ses arbres et ses toits ; les hommes étaient là, et les hommes sont méchants.

— Ah ! disait Julien, je t'aime encore mieux, mais non, ça n'est pas possible, je t'aime autant, je ne peux pas plus.

Il la baisa au front, ses lèvres étaient froides. Cependant elle éprouvait, parmi son chagrin, une espèce de bonheur triste comme un soleil d'hiver, ayant consenti. On peut tout donner à celui qu'on aime, quand l'amour est grand.

Les semaines passèrent encore. A présent, elles étaient bien vides et bien noires pour Aline, avec un jour comme une lumière dedans, et tout le reste du temps n'est plus rien. Et à son tour cette lumière pâlit. Cela se fit lentement. Elle pâlit et décrut par degrés, comme une lampe où l'huile manque. Il y avait quelque chose qui était changé, qui allait changeant toujours plus. Elle restait la même, mais Julien n'était plus le même. Il était pareil à un homme qui s'est assis à une table servie et se lève quand il n'a plus faim. Il se lève et on voit qu'il va s'en aller et qu'on ne peut plus le retenir, parce que l'amour qu'il avait était une faim qui passe comme la faim passe. Et voilà que la saison, elle aussi, s'élevait contre eux. Les jours devenaient courts, les nuits devenaient froides. Aline cherchait les étoiles des yeux et ne les trouvait plus. On avait fauché les regains. La lune, au commencement de sa carrière, était comme un anneau brisé. Quand on met les vaches en champ, elles sortent toutes ensemble en branlant leurs sonnailles. C'est l'automne qu'elles ramènent et qui sonne aux cloches sur les chemins. On cueillait les premières pommes.

Et un jour vint la peur. C'était une fois qu'ils étaient ensemble sous l'arbre. Un homme passa tout près d'eux. Ils s'étaient glissés en rampant dans la haie. Ils ne pouvaient rien voir à cause des branches, mais les pas se rapprochaient. L'homme s'arrêta. Julien pensa qu'ils étaient découverts. Enfin on aperçut une petite lueur rouge, c'était l'homme qui allumait sa pipe. L'homme reprit son chemin ; les pas s'éloignèrent. On n'entendit plus rien.

Aline se risqua dehors la première :

— Viens, dit-elle, c'est fini.

Seulement Julien avait eu si peur qu'il fut un moment sans parler. Sa voix tremblait. Il dit :

— C'est bête ! Il vaudrait mieux

qu'on s'en retourne chacun de son côté.

Le mercredi suivant, il ne vint pas au rendez-vous.

VIII

C'était un soir comme tous les soirs.
Elle était à sa fenêtre. Lorsque Julien
venait, il sifflait doucement. Quelquefois aussi, par les nuits claires, elle
l'apercevait sous le saule. La route
éclairait doucement dans l'ombre, les
murs étaient tièdes encore, parce que
c'était l'été ; mais, à présent, il faisait
noir.

D'abord elle crut seulement que Julien était en retard. On ne fait pas toujours ce qu'on veut ; voilà ce qu'elle se
disait. Mais, à mesure que le temps passait, elle devenait plus agitée, à cause de

ses imaginations. On pense à la maladie, on pense à la mort : elle ne pensait pas à la seule chose véritable, qui est la cruauté des hommes.

Quand onze heures furent là, les jambes lui démangèrent d'attendre ; elle sortit sur la route. La route s'en va d'abord tout droit, puis elle se courbe vers la maison d'école ; de l'autre côté, elle descend dans le pays, sous les pommiers. Les jardins se tenaient derrière leurs barrières. Il n'y avait personne.

Elle prit dans la direction du village. Elle pensait au soir où elle avait porté la lettre ; c'était autrefois, le temps qui n'est plus. Comme la vie tourne ! La vie a un visage qui rit et un visage qui pleure ; elle tourne, on la voit rire ; elle tourne encore et on la voit pleurer.

Une fois qu'elle fut devant chez Julien, Aline s'arrêta. La maison, lourde

ALINE

et carrée, montrait ses volets fermés.
Elle semblait dire : « Va-t'en ! » comme
quelqu'un qui veut dormir. On n'entendait rien que la fontaine. Aline regardait vers la fenêtre de Julien. Est-ce
qu'il ne devait pas la sentir dehors avec
ses yeux tendus vers lui ? Mais rien ne
bougeait sous le rond du ciel où est le
silence.

Alors, s'appuyant contre un mur, elle
attendit longtemps encore. Et puis elle
eut froid, étant sans châle et tête nue.
L'air de la nuit l'enveloppait comme
un linge humide. La solitude pesait
sur elle comme un poing. Elle ne rentra
qu'après minuit.

Le jour suivant, une troupe de mon-
treurs de bêtes traversa le village. On
était dans la matinée quand le tambour
battit. Le chameau marchait en tête..
Il avait des plaques de peau nue, des
poils comme de la ficelle défaite, une

bosse pendante, un long cou recourbé. Ses jambes allaient s'écartant l'une de l'autre à partir de ses genoux cagneux, d'où venait son allure comme celle d'un bateau qui roule. Le singe, habillé en général, était assis sur le dos de l'âne qui tirait une charrette. Il cherchait ses puces en faisant des grimaces. La chèvre suivait.

Mais le tambour ayant battu pour la seconde fois, la représentation commença. Tout le village faisait cercle. Les hommes tenaient leur pipe au coin de la bouche et souriaient, parce qu'on est des hommes, pour dire : « C'est bon pour les enfants. » Le montreur avait un foulard rouge autour du cou et un chapeau de feutre pointu. Il fit d'abord coucher le chameau qui plia les jambes de devant, en balançant sa croupe un long moment en l'air comme un arbre qu'on coupe ; puis, s'abattit. Et l'homme,

ALINE

montant dessus, dit avec l'accent italien :

— Voilà comme *oun* charge le chameau au désert. On lui met dessus des tonneaux, des sacs, tout ce qu'on veut, mille kilos. Ils ne boivent pas pendant quinze jours.

— Ah ! disait-on, si on était tous comme ça, l'aubergiste n'irait pas bien loin.

Le singe tira du pistolet. Sa queue sortait de dessous les basques de sa tunique. Et comme, au milieu de ses tours, ayant lâché son sabre, il se grattait le crâne, l'homme le corrigea d'un coup de lanière.

La vieille Henriette ne parlait pas ; elle gardait toutes ses forces pour comprendre, tellement ce qu'elle voyait sortait de sa vie ordinaire. Les autres femmes se turent d'abord comme elle, puis elles se mirent à parler. Elles disaient :

— Autrefois, on ne voyait pas de ces bêtes, d'où est-ce que ça vient?

— Ça vient d'Afrique.

— Croyez-vous?

— Oh ! je sais bien.

— Pas la chèvre ?

— Non, rien que le singe et le chameau.

— Vous souvenez-vous ? Dans le temps, il y avait les Calabrais, avec des peaux de mouton autour des jambes et des espèces de flûtes avec des vessies qui se gonflaient.

— On n'en voit plus.

— Dieu soit béni ! d'où est-ce que ça sortait ?

Et Aline était là aussi, mais Aline n'écoutait pas. Elle était triste, c'est pourquoi elle plaignait le singe. Il était si maigre, il avait de si grosses larmes dans les yeux. Quand on le battait, elle aurait voulu le prendre et l'emporter

dans ses bras ; et le chameau de même,
mais il était trop gros. Et puis les
grimaces du singe la faisaient rire malgré son chagrin. Et puis elle redevenait
triste à cause de la chèvre.

On avait installé une sorte d'échafaudage, avec un dessus pointu et quatre
étages. La chèvre y grimpait. A chaque
étage, elle en faisait le tour et saluait,
levant la patte. Pour monter plus haut,
elle se dressait toute droite. Plus elle
montait et plus la place était petite. Et
l'échafaudage avait bien deux mètres
de hauteur. On pensait : « Si elle tombe,
elle se cassera les jambes. » L'homme
faisait claquer son fouet.

Et c'est au moment où la chèvre, les
sabots joints au sommet de la machine,
tournait comme une toupie en faisant
des révérences, qu'Aline aperçut Julien. Elle ne l'avait pas vu venir et il
était là, tout à coup. Elle ne pensa plus

ni au singe, ni à la chèvre, ni au chameau.

On faisait la quête, c'est le mauvais quart d'heure ; tout le monde tourna le dos. Le petit garçon pâle secouait son assiette, elle était presque vide. Le patron compta l'argent dans le creux de sa main en haussant les épaules, et un instant après, la représentation recommençait à l'autre bout du village.

Henriette s'en était allée. Aline avait suivi la troupe ; Julien aussi. Peu à peu, elle s'approcha de lui par derrière ; elle lui posa la main sur l'épaule et, comme il se retournait, elle lui sourit. Ses yeux étaient redevenus clairs comme les lacs de la montagne quand le soleil se lève.

Lui, il fut embarrassé. Pourtant personne ne faisait attention à eux, à cause des bêtes. D'en haut, les têtes rapprochées étaient comme une couronne sombre où les nuques et les visages figu-

ALINE

raient des fleurs roses. D'en bas, on voyait la petite tête du singe et sa casquette à plumet attachée sous le menton. Le singe fit partir son pistolet. Et Aline :

— Qu'as-tu fait, hier soir, Julien ? Pourquoi n'es-tu pas venu ?

Il répondit :

— On me voyait aller rôder tout le temps. C'est par précaution, tu comprends.

— Je t'ai attendu.

— Longtemps ?

— Oh ! oui, longtemps.

Le singe fouetté hurla. Julien dit :

— Ils tourmentent ces bêtes !

Il disait :

— Eh ! regarde le singe, il a le dedans des mains comme un homme.

Elle disait :

— C'est pour la semaine prochaine ; sûr, cette fois ?

— Que oui.

Mais il s'écartait déjà d'elle, et, se poussant du coude entre les groupes, il fut vite au premier rang. Il se tint là sans remuer jusqu'à la quête. Alors il jeta deux sous dans l'assiette, tandis que l'Italien, s'étant découvert, disait :

— Mesdames et Messieurs, avant de quitter votre honorable village, je tiens à vous remercier.

Le chameau allongea son long cou, le singe rongeait une carotte ; l'âne se mit à trottiner tirant la charrette où on voyait des morceaux de pain sec, la machine de la chèvre, et de l'étoffe rouge à galons dorés.

Et Julien, en s'en retournant, se représentait Aline, comme elle était venue vers lui, la promesse qu'il lui avait faite. Mais on promet et on ne tient pas. Les paroles s'oublient, ce n'est qu'un petit bruit qui s'en va en l'air avec les nuages.

ALINE

Les raisonnements sont plus solides, ils sont faits de pierre comme des maisons où on va se mettre pour être à l'abri. Il se disait : « C'est qu'elle s'y met trop ; elle est déjà comme une folle. Qu'est-ce que ça va être si ça continue ? Je ne peux pourtant pas me marier avec elle ; dans les bons ménages, on a des deux côtés. »

Ensuite il se disait : « Voilà, à présent, comment faire ? Une qui pleure, qui peut crier ! Elles font des scènes, ça serait du beau. » Le moyen, c'est de se cacher. « Elle vient, eh bien, on s'en va. Elle finira bien par comprendre. » Il ajoutait dans sa pensée : « Je ne suis pas seul après tout, elle en trouvera bien un autre. »

Les colchiques avaient fleuri, petites flammes qui tremblotent, que le vent souffle, qui ne sont rien, petites sœurs pâles de la brume.

IX

Quand Aline vit son malheur, elle n'y voulut pas croire. C'est ainsi que les petites filles qui ont peur de la nuit se cachent sous les couvertures. Elle s'était accrochée à tous les petits espoirs qu'il y avait sous sa main ; ils avaient cassé l'un après l'autre comme des branches sèches. On n'a pas même le temps de bien s'aimer ; le temps de s'aimer est comme un éclair.

L'automne s'était posé à la cime des arbres et les feuilles touchées jaunirent. Elles ressemblaient dans les branches à de jolis oiseaux clairs qui vont s'en-

ALINE

voler. La lumière adoucie était molle comme un fruit trop mûr. Les chiens bâillaient en s'étirant dans la cour déserte des fermes. Vers le soir, les fumées des feux de broussailles traînaient sur les champs comme des chenilles.

Aline éprouvait qu'il est quelquefois tellement difficile de vivre qu'on aimerait mieux en finir tout de suite. On fermerait les yeux et on se laisserait aller comme la feuille dans le ruisseau. Mais elle songeait : « Ce n'est pas possible que ce soit pour toujours. » Elle séchait ses larmes, elle relevait la tête.

Un matin, la petite infirme mourut. Elle était dans sa charrette à roues de bois comme d'habitude ; à midi, on la trouva froide ; elle était morte sans que personne s'en doutât, on n'avait rien entendu, elle n'avait même pas bougé. Et on dit : « Comme ça se fait ! Enfin, à présent, au moins, elle ne souffrira plus. » Mais Aline comprit que c'était un signe pour elle.

Il vint de grandes pluies. Le temps était ainsi cette année-là. L'averse était comme des ficelles tendues ; le vent, pareil à une main, sautait de l'une à l'autre en les courbant et les brouillait ; on ne voyait plus rien qu'une sorte de toile grise qui se soulevait par moment, découvrant un coin de bois noir et triste au fond de la prairie.

Parfois Henriette, sa jupe relevée par-dessus la tête, courait mettre une seille sous la gouttière. Aline pensait : « Ah ! oui, c'est maman qui porte la seille. » Et Henriette se secouait dans la cuisine, en disant : « C'est plus un jardin, c'est un lac. »

Alors, durant la nuit, la maison repliait son toit comme des ailes, se faisant petite sous le ciel ; les nuages glissaient

ALINE

sur la lune; elle se montrait un instant et semblait fuir. Et Aline voyait sa clarté vaciller et s'éteindre parmi le vent à sa fenêtre, car elle ne dormait pas.

Son chagrin l'empêchait de dormir. Elle cherchait tout le long des heures, dans sa tête, reprenant les jours un à un, comme un collier qu'on égrène, avec toutes ses fautes pour s'en charger. Car elle n'accusait pas Julien, c'était elle qu'elle accusait. Un jour, elle avait un peu boudé, les garçons n'aiment pas qu'on boude. « Julien se sera fâché, mais il n'a rien dit, parce qu'il ne dit rien. » « Et puis, le soir de la danse, qu'est-ce qu'il a eu de ne plus vouloir ? C'était bien joli, j'ai pourtant fait tout ce qu'il a voulu. Ah ! mon Dieu, c'est bien difficile ! »

Elle pensait : « On ne sait pas ; il était bien bon, oui il était bien bon. Il m'a donné des boucles d'oreilles. On

ALINE

s'est fait des petits cadeaux. Le jour qu'il m'a apporté des framboises, je lui ai pourtant bien dit merci. Est-ce que peut-être il croit que je n'ai pas été contente ? »

Elle se tenait assise sur son lit, les yeux ouverts et fixés devant elle. L'obscurité était quelque chose de profond et d'épais comme une fourrure à poils noirs. De petits soleils rouges et bleus montaient dans l'air en tournant. Elle se frottait les yeux. Elle se demandait : « Qu'est-ce que j'ai ? Qu'est-ce que j'ai ? Pourquoi est-ce que je suis comme ça ? Est-ce le bon Dieu qui me punit ? » Ses pensées étaient comme les abeilles qui sont sorties un jour d'orage, et ne peuvent plus rentrer à la ruche. Elle ne trouvait pas la bonne place dans son lit, son oreiller était brûlant ; tantôt elle se découvrait, et elle avait le frisson ; tantôt elle se recouvrait et les draps

ALINE

étaient lourds sur elle comme de la pierre.
Et lorsque le sommeil venait enfin, elle
avait des rêves, avec leurs tromperies,
où tantôt elle était heureuse, et qui se
brisaient comme un vase qui tombe des
mains au réveil ; d'autres pareils à la
réalité, et bien tristes ; d'autres encore,
si horribles, qu'elle criait en dormant.

Une fois, elle était en bas d'un grand
arbre, et Julien était en haut qui lui
disait : « Viens. » Elle fit comme il
disait. Il était assis au bout d'une branche, elle s'assit à côté de lui. Mais voilà
que l'arbre se mit à pencher et à craquer parce qu'ils étaient trop lourds,
ensemble ; elle sentait Julien glisser
et elle aussi ; ils tombaient dans le trou,
l'air entrait dans sa bouche comme une
plume qui chatouille, et un grand serre-
ment à la gorge qui l'éveilla.

Une fois aussi, elle rêva qu'on l'en-
terrait. On la descendait dans un grand

creux où il faisait tout noir. Il y avait
un étroit carré de ciel au-dessus d'elle ;
il devenait toujours plus petit, il fut
enfin comme un point blanc ; en même
temps, elle étouffait.

Elle avait pâli. Ses belles couleurs
étaient parties comme quand l'églan-
tine s'effeuille. Elle avait beaucoup
maigri ; ses poignets ronds étaient
devenus carrés et trop minces ; elle
avait des cordes sur les mains comme
les vieilles femmes ; on voyait à ses
tempes qui s'étaient enfoncées un petit
bouquet de violettes ; elle ne mangeait
plus.

Henriette lui disait :

— Allons, mange.

Elle répondait :

— Je n'ai pas faim.

Comme elle toussait, sa mère reprenait :

— Voilà que tu tousses, tu ne vas pas

ALINE

bien. Pourquoi ne veux-tu pas te soigner ?

— C'est le mauvais temps qui fait ça.

— Moi je dis qu'il faut se soigner. On tousse, on s'en va de tousser. Si on consultait.

— Oh ! non.

Henriette se méfiait, parce qu'elle trouvait que cette maladie avait un drôle d'air. Seulement les femmes, comme on sait, ont beaucoup de mauvais moments à passer. Et Aline, de son côté, avait cru d'abord que c'était le chagrin qui la rendait malade. Mais ensuite elle eut de grandes douleurs dans le dos, dans l'estomac ; un matin, elle se mit à vomir.

Tout à coup, elle comprit.

Et la seule pensée qu'elle eut fut celle-ci : « Il faut que j'aille le lui dire tout de suite. »

X

A la fontaine, les laveuses lavaient le linge. Elles frottaient des deux mains sur la planche lisse, le savon faisait sa mousse, et l'eau était bleue et douce d'odeur. On a beaucoup d'ouvrage le matin. Une femme s'en revenait de la boutique avec une livre de sucre. Une autre balayait devant sa porte. Une grande fille menait un bébé par la main. On entendait le·menuisier raboter dans sa boutique. Il faisait un petit temps gris un peu frais, et il soufflait un rien de bise. Le ciel avait des nuages blancs tout ronds qui se touchaient comme les

ALINE

127

pavés devant les écuries. Les vaches dans les champs branlaient leurs sonnailles de tous les côtés.

Et une des laveuses dit en rinçant le linge :

— C'est le treize aujourd'hui.

— Non, dit une autre, c'est le quatorze.

— Tant mieux.

— Moi, reprit une troisième, moi je vous dis que c'est le treize.

A ce moment Aline passa. Elles s'arrêtèrent toutes de causer.

Julien coupait du bois près de la porte de la grange, derrière la maison. Des pigeons roucoulaient sur le bord du toit. A gauche, le verger rejoignait la campagne. On voyait par les trous des branches les pommes rouges d'un pommier tardif. Les autres n'avaient plus de fruits et presque plus de feuilles. Julien travaillait sans se presser, étant

chez lui. Il avait ôté son gilet, parce que
le mouvement donne chaud. Sa hache
montait et retombait ; à chaque coup,
il fendait une bûche. Et quand Aline
arriva, il resta une bonne minute comme
il était, sa hache à la main.

Un pigeon s'envola au-dessus de
leurs têtes. Julien ouvrit la bouche
comme pour parler, mais il ne dit rien.
Elle non plus ne dit rien au commencement, mais ensuite les paroles lui vinrent aux lèvres comme l'eau dans une
pompe ; elles jaillirent toutes à la fois.

— Tu ne sais pas, dit-elle, je voudrais
bien que non... seulement... oui, c'est
la vérité. Je n'étais pas sûre... C'est la
première fois... Et puis il a bien fallu,
n'est-ce pas ? Et puisque c'est toi, il
valait mieux que je te le dise tout de
suite...

Elle parlait en tâtonnant avec ses mots
comme une aveugle avec ses mains. Elle

ALINE

tordait entre ses doigts les attaches de
son tablier. Elle avait les pommettes
rouges comme deux petits feux allumés.
Elle avait un corsage de toile bleue,
une vieille jupe brune.

Julien dit :

— Quoi ?

Elle montra son ventre.

Un second pigeon s'envola, Julien dit :

— Charrette !

Il reprit :

— Charrette !

Son cou s'enfonça dans sa nuque ;
il avança la tête comme un bélier qui va
corner ; il se retint pourtant, pensant
qu'Aline mentait peut-être ; il dit encore

— Tu es folle !

Elle ne répondit pas.

Il dit :

— En es-tu sûre ?

— Oh ! oui.

ALINE

— Sûre ? Sûre ?

— Oh ! oui.

Alors, il avança de nouveau la tête, et dit :

— Eh bien, tu n'es qu'une grosse bête ; ça ne me regarde plus.

Et, jetant sa hache, il s'en alla.

Mais Aline le suivait, marchant à côté de lui comme un pauvre qui mendie, disant :

— Ecoute, écoute, s'il te plaît ; on serait tellement bien les deux ! Tu es fâché, ça passera...

Il s'arrêta et dit :

— Fiche-moi le camp !

Alors elle se prit la joue comme si elle voulait la mordre avec ses doigts ; de l'autre main, elle tenait Julien par sa chemise ; elle s'attachait à lui pour le retenir ; elle aurait aimé être battue et qu'il la battît bien fort, mais rester avec lui ; elle disait :

ALINE

— Oh ! tu sais, je t'aime bien, je t'aime toujours plus et puis le petit est à toi, marions-nous, je serai tant bonne.

Il ne songeait pas à la battre ; il aurait seulement voulu qu'elle fût loin et souffler dessus comme sur un peu de fumée, c'est pourquoi il répétait :

— Je m'en moque. Fiche-moi le camp !

A ce moment, le père Damon sortit de l'écurie. Il était court et tassé, il écartait les jambes d'étonnement. Aline eut peur. Il lui parut que les arbres du verger s'abattaient tous ensemble et que la nuit venait dans le ciel. Elle courut. Les maisons du village couraient à sa rencontre, le long de la route. Elle avait comme de l'eau trouble dans les yeux. Et lorsqu'elle vit sa mère, les forces lui manquèrent. Elle tomba sur une chaise. Elle tenait sa tête dans ses mains.

Henriette eut de la peine à comprendre, mais une fois qu'elle eut compris, ce fut fini. Son amour allait à rebours. Il y a un amour sévère et rude qui châtie. Quand on est honnête, on a des enfants honnêtes. Elle eut d'abord une grande colère ; elle disait :

— Es-tu ma fille ?

Puis cette colère lui durcit le cœur.

— Une fille, une seule, et la voilà ! Je devrais te dire : « Va voir ailleurs comme il y fait. » Je te garde, mais va droit à présent ; si tu vas courbe...

Elle ferma la porte. Les idées se dressaient dans sa tête comme le bois vert dans le feu ; elle remuait le bras et toute sa bouche remuait avec. Puis elle regarda sa fille. Aline sur sa chaise était comme un paquet que les sanglots soulevaient du dedans. On ne voyait que ses cheveux défaits et ses mains toutes pleines de petites secousses. Elle lui dit :

ALINE

— Va te mettre au lit.

Aline obéit. Elle se déshabilla sans penser à rien. Ses doigts allaient et venaient tout seuls, par un reste d'habitude. Elle se blottit sous les draps, ayant honte du jour même. Cependant Henriette fit de la camomille. On en met sept dans une tasse, ni plus, ni moins, sept est le nombre ; la camomille est bonne pour toutes les maladies. Aline but : c'était amer comme sa vie.

Ensuite elle se tourna vers le mur. Et la fatigue l'emporta sur sa douleur. L'ombre s'allongeait longuement sur ses paupières. Il lui semblait redevenir une toute petite fille ; c'est le temps où on joue aux haricots ; on fait un trou au pied d'un mur ; il y a des haricots de toutes les couleurs.

XI

Novembre était venu.

— Oui, dit un jour Henriette, il te faudrait au moins avoir de quoi mettre ton enfant au propre quand il sera là.

Aline prit son fil, de la toile et se mit à coudre. Sa mère avait fait le compte :

— Deux ou trois langes, quatre chemises, des mouchoirs : tu as de la besogne tant que tu voudras et juste le temps.

La toile était grossière, les petits des pauvres n'ont pas des draps fins. Aline cousait ; les doigts s'envolent, l'aiguille brille ; mais c'était un ouvrage qu'elle

ALINE

n'aimait pas beaucoup à faire ; elle ne le faisait que parce qu'il le fallait. Et Henriette la surveillait, assise à côté d'elle, disant à tout moment :

— C'est pas comme ça. A quoi est-ce que ça sert de t'avoir appris ? Regarde-moi cet ourlet. C'est tout plissé, une misère !

Elle prenait l'ouvrage et le défaisait. Aline s'appliquait pourtant de son mieux. Seulement il faut que l'ourlet soit bien droit et il faut encore que les points soient égaux et faire attention de ne pas casser son fil : il y a tant de choses qu'on s'y perd. Et elles étaient là, rien que les deux, en face l'une de l'autre.

Elles étaient là rien que les deux. La cuisine avait quatre murs et une petite fenêtre. Il faisait triste. Elles ne parlaient pas.

Et Aline pensait au petit qu'elle aurait. Elle se demandait : « Comment

est-ce qu'il fera pour sortir ? Est-ce
qu'on a mal ? Oh ! on doit avoir bien
mal ! » Elle se rappelait des amies qui
avaient eu des petits frères. Elles disaient :

— On nous avait mises dans la chambre d'en haut, mais on a bien entendu
maman crier tout de même.

Il y a la sage-femme qui vient et, des
fois aussi, le médecin. Et Aline avait
bien peur.

Puis elle se disait : « Comment est-ce
qu'il sera ? Je me demande. Comme
c'est drôle d'avoir un petit garçon ! Ou
bien ce sera peut-être une petite fille.
On ne sait jamais d'avance. C'est seulement quand ils sont là, ça fait toujours
une surprise ; mais j'aimerais mieux
un garçon. » Elle l'imaginait dans ses
pensées ; il aurait une grosse tête et des
cuisses comme des saucissons ficelés.

Elle voyait aussi la robe qu'il aurait

ALINE

mise. Ils font bien plaisir quand ils commencent à parler.

Mais, tout à coup, elle se souvenait qu'elle n'était pas comme les autres. Les autres, qui ont un mari, peuvent être joyeuses et rire ; elles mangent tout le jour pour avoir du lait. Le soir, à la fraîcheur, elles prennent leurs enfants ; elles s'en vont dans le village de porte en porte. On leur dit : « Comment allez-vous ? » — « Pas mal, merci. » — Et le petit ? » — « Oh ! le petit, regardez-moi ça ! » — « Oh ! le beau petit ! » — « N'est-ce pas ? Savez-vous combien il pèse ? Il fait déjà ses cinq kilos. » — « Pas possible ! » Et la mère est tout heureuse qu'on ne veuille pas la croire.

Seulement, les enfants qui n'ont pas de père, ceux-là on n'ose pas les montrer. On les garde à la maison ; on les fait taire, quand ils crient ; ils deviennent grands et vont à l'école, les autres enfants ne jouent pas avec eux, on leur donne des surnoms. Aline pensait : « Ce n'est pas seulement moi qui suis punie, lui aussi sera puni. » Pourquoi ? Et pourquoi est-ce que Julien ne serait pas puni ? Elle sentait qu'il y a dans la vie des choses qui sont bien difficiles à comprendre.

Les feuilles tombaient. Quand les feuilles tombent, l'une tombe, l'autre suit. Elles se montrent le chemin, elles se disent l'une à l'autre : « Allons-y ! » et se plaignent un peu en touchant la terre qui est froide et noire. Les bois ressemblent à des fumées ; la campagne est mouillée et grise, avec les carrés noirs des forêts de sapins.

Il n'y avait plus dans le jardin que deux ou trois choux qui laissaient pendre leurs feuilles flétries ; les autres étaient cueillis et enfouis sous la paille, dans un coin. On ne se servait plus de la

ALINE

pompe. On voyait par la fenêtre, depuis
que les feuilles étaient tombées, un
beaucoup plus grand nombre de toits.

On entra dans le mois de décembre.
Aline continuait à coudre. Elle cousait
du matin au soir. Elle cousait une chemise, puis elle la mettait dans la corbeille. Il n'arrivait rien d'autre dans sa
vie.

Elle ne sortait presque plus, parce
qu'on se retournait pour la voir et que
les garçons riaient en dessous. Quelquefois, pourtant, elle était si triste qu'elle
ne pouvait pas rester assise plus longtemps, et elle sortait dans la campagne.

Elle allait un bout de chemin. L'herbe
était courte et jaune comme du poil de
bête et les buissons pareils à des pelotes
de fil de fer. Elle marchait le haut du
corps en arrière, car son ventre devenait
lourd. On voyait qu'elle était bien
maigre. Quand il faisait sec, elle s'as-

seyait un petit moment sous un arbre pour se reposer. Elle aurait voulu pleurer, elle ne pouvait pas pleurer. Elle s'en revenait ; sa mère lui disait :

— Qu'as-tu encore à courir ? quand on est comme tu es.

Et elle ne répondait pas, n'ayant plus le droit de rien dire. Elle n'avait plus que le droit de faire ce qu'on lui disait de faire. Et voici ce qu'elle aurait aimé faire, c'eût été d'aller vers sa mère et de lui demander pardon, de se mettre par terre devant elle, de poser sa tête sur ses genoux, pour que tout fût oublié, mais Henriette restait fermée et sombre ; et Aline n'osait pas. Elle se remettait à coudre, pendant qu'on allumait la lampe.

Elle n'avait personne pour la plaindre. Il y a des paroles qui font du bien comme l'huile sur les brûlures. Il n'y avait que le silence. L'estomac lui faisait toujours

ALINE

bien mal. Il lui était venu des taches jaunes le long du nez et un goût amer dans la bouche. Ses joues étaient comme du papier sale. Elle avait tellement vieilli qu'on ne l'aurait pas reconnue. Son ventre était devenu si gros qu'elle s'effrayait de le voir.

Vers la fin du mois, il gela. Les glaçons pendaient en longues barbes blanches aux fontaines. On entendit les sabots des vaches sonner sur la route durcie. Aline toussa davantage, couchant dans une chambre sans feu. Ensuite elle eut des engelures. Ses doigts étaient si gros, si raides, qu'elle ne pouvait plus les plier ; souvent la peau crevait et le sang sortait. Son aiguille lui paraissait pesante comme une barre de fer. Le petit chat jouait avec son peloton.

Quand vint Noël, les cloches sonnèrent. C'est le jour de la joie et des promesses. On « fait l'arbre » dans l'église et les enfants viennent et les femmes aussi viennent pour voir. D'abord il fait sombre et on chante ; puis on allume les bougies. Elles sont comme de petites larmes qui bougent parmi l'arbre vert et les noix d'or. Le sapin est un grand sapin qui touche presque le plafond. Il y a une bougie tout au bout, avec une grande étoile, parce que, dans la nuit de Noël, les bergers virent l'étoile et l'ayant suivie virent l'étable, la crèche et l'enfant Jésus. Mais Aline pensa que le bon Dieu l'avait abandonnée à cause de son péché.

Puis à minuit, la nuit de l'an, elle pensa : « Qu'est-ce qui va venir ? » Qu'est-ce qui peut venir, quand le malheur est là ? Deux ou trois mois qui passent et le petit enfant ; et les saisons qui tournent comme une ronde sous les arbres. L'année s'ouvrit devant

ALINE 143

elle : c'était comme une longue route nue. On ne voit rien, loin devant soi, rien que la route. Elle fermait les yeux. Est-ce qu'on peut arrêter le temps qui passe ? Ce n'est pas même de l'air qui passe, qu'on sent passer ; on ne sent pas le temps et on ne le voit pas, mais il passe quand même. Et le petit bougeait en elle. Elle se disait : « Les choses viennent, on ne peut pas les empêcher. »

Le froid dura longtemps, car l'hiver était rude. Puis le ciel, comme une bouche ouverte, souffla une grande haleine chaude qui fit mollir les routes et tomber la neige des toits et verdir l'herbe dans les prés. On dit : « Voilà l'hiver qui est bien malade. » Les enfants couraient devant les maisons...

Bientôt les vents de mars s'élancèrent d'au-delà les montagnes, bondissant par-dessus le lac qu'ils ont remué en passant. Alourdis d'eau, ils vinrent

ALINE

heurter les nuages dans un grand choc
qui fendit le ciel ; le ciel croula avec un
grand bruit. Le soleil éclata, les prime-
vères fleurirent.

Il y a comme une voix qui encourage
à vivre à cet endroit de l'année. Elle est
dans l'oiseau qui crie, dans le jour, dans
les bourgeons qui se gonflent. Le printemps saute sur un pied par les chemins.
On voit les vieux qui viennent sur le pas
de leur porte, ils hument l'air comme un
qui a soif, ils font trois pas dans le jardin. Seulement on vit mieux aussi les
taches bleues autour des yeux d'Aline
et les deux trous qu'elle avait dans les
joues.

XII

A la fin de mars, elles eurent une première alerte. Henriette pensa : « Pourvu que le petit ne vienne pas avant terme, ça serait tout à la fois. » Et comme elle était précautionneuse, elle appela la sage-femme.

La sage-femme arriva un matin. Elle entra sans heurter, elle dit :

— Bonjour, ça ne va pas ?

Elle avait une figure noire et une petite moustache. Elle prisait, ensuite elle éternuait et elle prisait de nouveau. Elle avait toujours une goutte brune qui lui pendait au bout du nez. On ne savait plus quel âge elle avait. Et si, parlant de quelqu'un, on disait :

— Il tourne bien mal.

Elle, elle répondait :

— C'est le plus gros garçon que j'aie vu.

Et si on parlait de quelqu'un d'autre :

— Lui est venu sans qu'on s'y attende.

Elle voyait le monde de cette façon-là. Elle avait toutes sortes de recettes dans son métier, et l'habitude faisait qu'elle s'essuyait tout le temps les mains à son tablier. Elle disait aux femmes :

— La belle affaire ! toutes y passent, il n'y a qu'à vouloir.

Et on disait d'elle :

— Il faudrait aller bien loin pour en trouver une pareille. Ça ne lui fait ni chaud, ni froid.

Et enfin, étant bien payée; avec un cadeau à chaque baptême, elle avait

ALINE

pu mettre de l'argent de côté, ce qui
ajoutait à sa réputation.

Elle examina Aline. Elle la trouva,
comme elle disait, pauvre de sang et
bien nerveuse ; mais il est connu que
la jeune génération ne vaut pas l'an-
cienne ; et puis les circonstances
n'étaient pas pour aider. Elle tournait
autour du lit en se mouchant dans son
grand mouchoir rouge, parlant beaucoup, et répétant :

— Oui, oui, on n'en n'est pas encore
là.

— Seulement, ajouta-t-elle, d'ici trois
semaines, un mois...

Il arriva comme elle avait dit. Avril
avait paru, poussant devant lui ses
petits nuages comme des poules blanches dans un champ de bleuets. La
journée avait été chaude. Les feuilles
dépliées se dressaient, ayant pris des
forces ; on voyait l'air trembler sur la

campagne. Les douleurs commencèrent dans l'après-midi ; avec le soir, elles grandirent. La sage-femme dit :

— Hein ? je ne m'étais pas trompée.

Et comme Aline gémissait :

— Ma fille, reprit-elle, crie seulement, ça soulage ; et puis pousse quand tu sentiras que ça vient.

Après quoi, elle troussa ses manches pour être prête, mais rien ne pressait. Henriette avait mis sur le feu la grande marmite pleine d'eau. Les bûches pétillaient ; elle tournait autour, comme seulement occupée du ménage. Mais, quoiqu'elle s'en cachât, elle était bien émotionnée. Ce qu'il faut surtout, dans ces moments-là, c'est ne pas perdre la tête. Elle se raidissait. La vapeur était rose, l'eau bouillait.

La sage-femme but son café et mangea un morceau de pain et de fromage. Elle coupait son fromage sur la table

ALINE

avec la pointe de son couteau et piquait dedans d'une main ; de l'autre, elle tenait son pain, ou bien vidait sa tasse à petites gorgées ; et puis la remplissait, disant :

— Moi, j'aime le café, ça me donne des forces. Mais il me le faut chargé à la cartouche.

On continua d'attendre.

Dans la nuit, les douleurs devinrent plus vives. Aline commença de crier. Elle criait par intervalles, doucement, puis plus fort, puis cessant tout à coup ; alors elle plaignait ; et les cris reprenaient, longs et ensuite aigus comme des pointes de rocher ; et quand elle était épuisée, sa tête tombait en arrière ; et puis sa gorge se resserrait et les cris recommençaient. La sage-femme se frotta le nez.

— Oui, oui, dit-elle de nouveau.

Elle se moucha de nouveau.

— Ne vous effrayez pas, je l'examine, tout va bien ; on crie, vous savez, c'est les nerfs.

Elle avait son amour-propre, qui était de faire seule. Mais, cette fois, c'était sérieux. Finalement, elle dit :

— Peut-être bien qu'un médecin ne serait pas de trop.

Le médecin arriva dans sa petite voiture. Il avait un petit cheval blanc qui trottait en levant haut les jambes. On entendit de loin le bruit clair des sabots sur la route, puis le roulement des roues; et il parut. Il ôta sa pèlerine et son chapeau. Il se lava les mains avec de l'eau chaude et du savon. Il entra dans la chambre en cachant sa trousse derrière son dos. La porte resta ouverte pour qu'on pût aller et venir. Le petit chat, éclairé par le feu, dormait dans les copeaux, la tête entre ses pattes.

Quand tout fut fini, les lampes

ALINE

pâlirent ; c'était l'aube qui venait.

— Ah ! dit le médecin, il est heureux que les enfants ne fassent pas toujours tant de façons pour venir au monde. On n'en voudrait plus.

Et, montant sur le siège, il toucha du fouet le petit cheval qui partit comme le vent, ayant mangé son avoine.

Mais la sage-femme était de mauvaise humeur. Elle dit :

— C'est encore un faiseur d'embarras. Je l'aurais eu aussi bien que lui.

Sur le lit, il y avait Aline, et le petit qui était né. On l'avait roulé dans ses langes. C'était un petit garçon. Aline était assoupie. Elle était blanche comme la mort et ses cils faisaient de l'ombre sur ses joues.

La chambre était en désordre. On avait tiré le lit au milieu du plancher. La seille où on avait baigné l'enfant était auprès et, dans le coin, un tas de

linges et de serviettes. Des habits traînaient sur les meubles.

Cependant les voisines, averties par
la voiture du médecin, frappaient à la
porte l'une après l'autre. Il y avait longtemps qu'elles n'étaient pas revenues.
Quand on a fait ce qu'Aline avait fait,
les honnêtes gens restent chez eux. Mais
la curiosité était la plus forte. Et elles
s'excusaient, disant :

— Je suis venue voir comment
ça allait.

La sage-femme leur répondait :

— Ça va bien.

— Tant mieux, je repasserai.

Et, une fois qu'elles étaient dehors,
elles disaient :

— Au premier enfant que j'ai eu, ç'a
été bien plus facile. J'ai laissé faire,
voilà tout. Seulement, cette Aline, elle
est punie, et c'est bien fait. A-t-on eu
besoin d'un médecin, nous autres ? Et

ALINE

puis l'enfant, ça ne sera sûrement pas grand'chose, s'il vit.

Alors toutes applaudissaient. Et les langues branlaient comme les clochettes des vaches quand le petit berger claque du fouet.

XIII

Aline resta quinze jours au lit. Ensuite on lui permit d'aller jusqu'au
grand fauteuil à dossier droit, près de la
fenêtre. Elle s'asseyait là et allongeait
ses jambes engourdies. Elle était encore
comme sont les malades qui ont du
sommeil en retard dans tout le corps,
et sont enfermés dans leur maladie, de
telle façon qu'ils voient la vie comme
un jardin dans le brouillard. Les gens
qui passent, les nuages, les fleurs et le
soleil semblent des choses d'un autre
monde ; il y a une séparation qui s'est
faite ; et la journée s'écoule d'un mou-

ALINE

vement égal. Puis, tout à coup, un jour,
elle aperçut l'enfant que la vieille Henriette tenait dans ses bras. Alors elle
fut impatiente de l'avoir tout à elle,
pour s'y attacher et s'y oublier ; car les
petits coûtent beaucoup de peine, ils
se salissent, il faut les bercer, leur donner à manger et beaucoup d'autres
choses qu'elle aurait voulu faire, mais
elle était trop faible encore.

Elle regardait dehors. Des moineaux,
tombant par grappes, passaient devant
les vitres comme des pierres noires.
Un petit lilas se couvrait de verdure et
ses feuilles encore froissées semblaient
des papillons battant de l'aile aux souf-
fles du printemps, mais la chambre
était noire et triste, avec ses murs nus,
ses poutres enfumées, sa fenêtre close.
Henriette prétendait que l'air est mauvais pour les nouveau-nés. On respi-
rait l'odeur aigre du lait.

ALINE

L'enfant n'avait pesé que quatre livres le jour de sa naissance et son poids n'augmentait presque pas. Il avait une très grosse tête, comme tous les enfants qui viennent de naître, mais une tête plus grosse encore et un tout petit corps. Ce n'était rien qu'un peu de chair. Sa figure était comme une boule rouge où il y avait des plis qui étaient les yeux et la bouche, deux trous qui étaient les narines. Il tenait ses poings serrés contre ses joues. Il n'avait pas de cheveux, ni de sourcils, mais une espèce de poil sur le front et sur les épaules.

On le mettait coucher dans une corbeille à linge posée sur deux chaises, garnie d'une paillasse de feuilles de maïs, avec un petit drap, une couverture de laine et un gros édredon pour qu'il fût bien au chaud. Mais, sitôt qu'on l'avait posé dans son berceau, il commençait à crier. Il avait un petit cri si faible

ALINE

qu'il fallait s'approcher pour l'entendre et son visage se gonflait et il entr'ouvrait ses gencives nues.

La sage-femme venait chaque jour, apportant les nouvelles :

— Vous savez, disait-elle à Henriette, on ne parle plus que de votre fille. Il faut voir ça, c'est comme un bâton dans une fourmilière. Et ce qu'on raconte ! que le bébé a une tache de vin comme la main sur la figure, parce que le père avait bu, et puis tout le reste ; ils ont méchante langue.

— Ah ! disait Henriette, laissez-les causer.

Peu à peu, cependant, Aline reprit des forces. Elle put se tenir debout, puis marcher. D'abord elle marchait en branlant sur elle-même ; le poids de sa tête était comme une lourde pierre qui la faisait pencher de côté. Mais ensuite ses pas s'affermirent. Elle

prenait le petit contre elle et s'étonnait
de ne pas le sentir, tant il était léger.
Elle pensait : « Il ne pèse pas plus qu'une
paille ; il faudra qu'il mange beaucoup. »
Son grand bonheur aurait été de le
nourrir elle-même, mais elle n'eut pas
de lait, car tout lui fut refusé. Et l'enfant ne prenait le biberon qu'avec répu-
gnance, se fatiguant vite ; le lait de
vache était trop lourd pour son estomac.
Aline disait :

— Bois, mon petit, bois vite, si tu
veux être un grand garçon.

Seulement les tout petits enfants ne
comprennent pas ce qu'on leur dit. Ils
n'ont qu'un peu de force pour remuer
les jambes et il fait nuit encore dans leur
tête comme dans une chambre aux
contrevents tirés. L'amour lui-même n'y
peut rien. Aline apprenait ce que toutes
les mères apprennent quand le moment
est venu. Elles se heurtent à cette vie

ALINE

obscure ; et puis il y a tous les soins à donner et il y a les cris qu'on doit apprendre à distinguer, ceux de la douleur, ceux de la faim, ceux dont on ignore la cause et dont on dit : « C'est de la méchanceté. »

Elle posait l'enfant sur la table et déroulait ses bandes. Le petit ventre nu se montrait, tout renflé et blanc comme un ventre de grenouille et là tête inerte roulait sur le coussin. Ou bien elle le baignait ; il était si petit qu'il suffisait d'une cuvette ; l'eau tiède ruisselait sur sa peau en petites boules brillantes comme de la rosée.

Aline avait encore les mains maladroites ; tantôt elles appuyaient trop fort et tantôt elles hésitaient. Il semble qu'un rien va briser ces membres fragiles. Elle se perdait par moment dans ces soins. Alors le monde s'en va. Il n'y a plus qu'un petit enfant sur la table.

ALINE

Elle souriait parfois comme au temps de
son bonheur. Elle chantait :

Dodo, l'enfant do,
L'enfant dormira bientôt...
Dodo, l'enfant do,
Pour avoir du bon gâteau.

Mais son sourire ne s'ouvrait qu'à
peine comme si un poids pesait dessus,
et sa voix retombait comme un oiseau
en cage, parce que l'enfant pleurait. Il
était si malingre qu'il faisait pitié.

Sa douleur alors revenait. Un soir,
on entendit de la musique dans le village. On dansait à l'auberge. Aline était
assise près du berceau, et ses souvenirs
l'entraînèrent en arrière jusque sous le
grand poirier. Une autre fois qu'elle
fouillait dans un tiroir, elle y trouva les
boucles d'oreilles que Julien lui avait
données dans le petit bois, au commencement de l'été. La boîte de carton aux

ALINE

personnages peints dessus était encore
enveloppée de son papier de soie. Les
grains de corail ressemblaient à deux
gouttes de sang pâle. C'était tout ce
qui restait de son amour, avec l'enfant.
Elle se dit : « Et lui où est-il ? Ah ! il
ne pense plus à moi. » Les larmes lui
vinrent aux yeux et elle se moucha sans
bruit.

Elle se soulevait ainsi, aussitôt reprise et ramenée, étant comme attachée
à une chaîne qui l'empêchait de s'échap-
per. Elle s'encourageait pourtant avec
des paroles qu'elle se répétait dans le
fond de son cœur, se disant encore : « Il
faut bien que je l'aime, ce petit ; il faut
que je l'aime tant que je peux pour
lui faire du bien et qu'il prenne de la vie.
C'est un mauvais temps à passer. Quand
il aura son année, ça ira tout seul. Il
faut bien que je l'aime, puisqu'il n'a
rien que moi. Maman est vieille ; on ne

sait pas, à son âge, ce qui peut arriver.
Et puis il deviendra grand, pour quand
je serai vieille aussi. » Et sa chair tres-
saillait en se penchant sur lui.

Cependant l'enfant n'allait pas mieux,
au contraire. On voyait sa peau se
plisser comme celle d'un fruit qui sèche.
Il ne pouvait presque plus remuer, une
humeur jaune suintait de ses paupières.
Aline regardait l'ombre se répandre
sur son front bombé. Elle pensait :
« Est-ce que c'est possible, est-ce que
c'est possible ! » Elle sentait des forces
invisibles et malfaisantes rôder autour
de son enfant. Un tout petit qui n'a
point fait de mal pourtant ! Elle pensait : « C'est ça qui l'étouffe. Il y a des
choses qui se couchent sur lui. »

La sage-femme avait bon cœur et
l'aidait. Le médecin venait aussi. Mais
que faire ? Quand la maladie est là, que
peut-on contre elle ? Les remèdes trom-

ALINE

pent le mal. On les prend pour les prendre et les docteurs font des ordonnances, mais est-ce qu'on sait où on va ? Les médecins ne sont pas les plus forts. La vie, qui est venue sans qu'on le veuille, s'en reva sans qu'on le veuille et malgré nous, qui sommes peu de choses ; on se tord les mains ; et elle est partie. Et puis les tout petits qui n'ont pas de raison ne peuvent pas se défendre. Un jour, ils serrent les gencives, ils deviennent verts, on dit : « Il est mort. »

— Quand même, disait la sage-femme, quand on pense que c'est ce Julien qui est cause de tout ça! Il faudrait lui tordre le cou!

XIV

Julien, toutefois, était en bonne santé et content de vivre. Quand il s'était montré dans le village, après l'aventure d'Aline, on l'avait accueilli comme si rien ne s'était passé. On avait jugé qu'il avait bien fait, et puis ces histoires-là ne vous regardent pas. Julien payait à boire à l'auberge, ses amis le recherchaient. Et, comme on faisait cercle autour de lui, il finit par parler d'Aline ; il disait :

— Tu sais, c'est qu'elle ne voulait pas me lâcher ; comme une sangsue, je te dis, tant elle était prise, hein ?

Les autres admiraient ses cheveux frisés, son front bas et la grosse veine qui se gonflait entre ses sourcils quand il s'animait. Ils pensaient : « Celui-là, il a eu au moins une femme qui l'a aimé. »

Julien frappait du poing sur la table en riant. Le petit vin vert qui sent le soufre sautait dans les verres. Et, parmi le silence, on entendait un vieux qui disait à la table du fond.

— C'est une bête qui vaut bien ses quatre cents.

Mais le père et la mère Damon étaient inquiets pour l'avenir. Ils s'étaient dit : « Où est-ce qu'on s'arrête, une fois qu'on a commencé ? Il faut le marier le plus tôt possible ! » Ils lui avaient cherché une femme. Ils avaient eu de la peine. Ce n'est pas qu'il manque de filles qui seraient heureuses d'avoir un mari, mais les bonnes sont plus rares, et il faut bien des qualités. A la fin, pourtant, ils trouvèrent quelqu'un à leur convenance au village voisin. Celle qu'ils avaient choisie était riche et fille unique. Au milieu du mois de mai, Julien se fiança.

C'était le soir. La sage-femme dit en entrant :

— Il y a du nouveau et du beau ! Voilà Julien qui vient de se fiancer.

Aline entendit de sa chambre. Elle sentit par tout son corps comme de la glace, puis comme du feu. Et, depuis ce moment-là, elle ne sut plus très bien ce qu'elle faisait.

D'abord le petit allait toujours plus mal. Il se refroidissait lentement. On avait beau chauffer des linges qu'on lui posait brûlants sur le ventre et mettre aussi des bouteilles d'eau bouillante autour de lui dans le berceau, il demeurait engourdi dans ses couver-

ALINE

tures; et ses yeux remuaient sans voir.

Vers onze heures, Henriette alla se coucher un moment, car les deux femmes veillaient chacune son tour. Aline s'accouda près du berceau. Elle avait perdu conscience de ce qui l'entourait. Elle regarda son enfant. Elle pensa : « Quel nom est-ce que je vais lui donner à ce petit ? Henri, à cause d'Henriette, ou bien peut-être... non. Il faudra, en tous cas, qu'on le baptise avant ses trois mois. » Mais elle se reprit bien vite : « Ah ! C'est vrai, il est trop malade, il faut attendre de voir. »

Elle pensa : « Il a une bien grosse tête et les yeux tout collés ; mais il a un peu moins de poils sur la figure quand même. C'est des poils qui tombent vite, on ne les verra bientôt plus. »

Elle s'était levée, elle se mit à marcher dans la chambre. Il n'y avait qu'un étroit passage entre le lit et le berceau.

Elle allait jusqu'à la fenêtre et s'en revenait, et recommençait. Quelque chose comme une main se tenait sur sa nuque et la poussait en avant. Ses pas retentissaient dans sa poitrine. Il lui semblait qu'elle marchait depuis deux jours.

Elle s'assit, elle prit les boucles d'oreilles dans sa poche ; elle les tournait et les retournait entre ses doigts. Elle pensait : « Elles sont bien jolies, ces boucles d'oreilles ; si je pouvais les mettre, mais je ne peux pas les mettre. Il y a du corail au bout. C'est beau, le corail. »

Elle se remit à marcher. Et, pour la première fois, songeant au passé, elle sentit la colère et le besoin de vengeance entrer dans son cœur. Elle se disait : « Ils m'ont fait trop de mal. Le pauvre petit ! c'est leur faute ! Ce n'est pas à moi que je pense, c'est à lui. Ah ! mon Dieu. » Ses doigts se cris-

ALINE

paient comme pour griffer, ses dents
grincèrent. Elle répétait : « Ils m'ont
fait trop de mal, ils m'ont fait trop de
mal ! »

Le plancher craquait sous ses pas.
Henriette cogna à la paroi et dit :

— Qu'est-ce qu'il y a ?

— Rien, répondit-elle.

Elle se rassit. La bougie coulait en
se consumant. Henriette éternua ; et
puis on n'entendit plus rien, elle s'était
endormie.

Minuit avait sonné. Tout à coup,
Aline se mit à sangloter. Il se fit un grand
cri dans sa tête : « Il est fiancé ! Il est
fiancé ! C'est fini. Ah ! le pauvre petit,
il vaudrait mieux qu'il meure. Et
moi... »

L'enfant remua dans son berceau. Sa
respiration était sifflante et rare, avec
un bruit de déchirement. Aline considérait son fils de ses grands yeux hébétés.

« C'est fini, pensait-elle, il va mourir, il va mourir ! » Ses paupières à elle restaient sèches. Elle voulut prendre l'enfant ; il vomit une sorte de bile verdâtre. Elle détourna la tête.

— Oh ! non, dit-elle, oh ! non, je ne veux pas.

Les matières épaisses et visqueuses s'étaient répandues sur la bavette et y restaient attachées. Les efforts que l'enfant faisait tordaient son petit corps. Il semblait que la vie se réfugiait plus profond, à chaque secousse, pour le faire souffrir plus longtemps. Aline frissonna.

Et, à ce moment, il y eut une force qui vint en elle et qui agit en elle sans qu'elle pût résister. Ses mains s'agitèrent convulsivement. Elle replia le traversin sur la tête du petit, elle pesa dessus de tout son poids. On entendit un faible bruit pareil au murmure de l'eau

ALINE

dans le goulot d'une fontaine ; elle appuya plus fort, on n'entendit plus rien. Elle ôta le coussin ; l'enfant avait la bouche et les yeux ouverts ; ses yeux étaient blancs, s'étant retournés. Un peu de sang avait coulé sur son menton.

Elle essuya le sang avec son tablier. Elle se dit : « Il est mort, il est mort ! » Elle n'éprouva aucune douleur, mais de la surprise. Elle souleva dans ses bras le petit cadavre ; puis, l'ayant étendu sur le lit, s'assit auprès et resta là. Soudain, elle vit le chameau, le petit singe et la chèvre savante ; tout revivait devant elle dans ses moindres détails. L'homme avait un foulard rouge, le ciel était gris. Le tambour battait, le chameau allongeait sa tête pointue. Puis Julien parut sur la place ; il portait un gilet à manches de coutil, le ruban de son chapeau avait une agrafe d'acier. Elle

lui parlait, il répondait ; le singe agitait
son épée et une petite fille qui avait la
coqueluche toussait d'une toux sèche
et rauque.

Mais ses rêves s'éparpillèrent tout
d'un coup comme le brouillard dans le
vent et elle se retrouva près du petit
cadavre. La bougie fumait sur la table.
Elle se dit de nouveau : « Il est mort !
il est mort ! » Elle poussa un cri,
elle ouvrit la porte, elle sortit en courant.

La lune, à son dernier quartier, s'était
couchée derrière les bois. Il n'y avait
que les étoiles et leur cendre insensible
qui tombait dans les arbres. La nuit était
pure. L'air léger passait par bouffées,
hérissant l'herbe. Aline courait au
hasard en pleins champs, sautant les
rigoles, butant aux talus. Devant elle
de vagues formes occupaient l'espace,
Derrière elle, sous le ciel paisible, les

ALINE 173

maisons du village, groupées autour de l'église, semblaient un troupeau de moutons couchés près du berger resté debout.

XV

Ce fut le taupier qui trouva Aline au petit matin. Il avait sa hotte sur le dos. Il était petit et si maigre que ses pantalons paraissaient pleins de vent. Sa barbe au creux de ses joues était semblable à la mousse grise qui croît sur les rochers. Il allait boitant tout le long du jour, tendant ses trappes de taupinière en taupinière. On lui donnait deux sous par taupe, ce qui lui faisait chaque jour deux ou trois francs, qu'il allait boire à l'auberge seul dans un coin.

ALINE

Aline s'était pendue avec sa ceinture aux branches basses d'un poirier. Comme ses pieds touchaient terre, elle avait dû plier les genoux ; et elle était restée à demi suspendue, adossée au tronc de l'arbre. Le vent la berçait doucement ; on aurait dit de loin une petite fille qui s'amuse ; mais, de près, on voyait son visage bleui et ses yeux vitreux.

Alors le taupier posa sa hotte et courut au village, boitant plus fort et parlant tout seul.

Le soleil était levé quand la justice arriva. Il y avait le juge de paix, le greffier et deux ou trois hommes qui avaient suivi. Le juge était gros, avec une barbiche blanche. Le greffier était grand et tout rasé. Ils s'arrêtèrent au pied de l'arbre. On dépendit Aline, elle était froide. Ses bras pendaient. Ses tresses dénouées tombaient jusqu'à ses

reins ; l'étoffe rude de la ceinture avait
pénétré dans la peau.

Le greffier écrivait sur une feuille
de papier, le juge tenait ses mains derrière son dos ; les autres, un peu à
l'écart, causaient à voix basse ; et le
taupier disait :

— C'est comme ça, je sortais de la
haie là-bas, parce qu'il y a par là des
prés pleins de souris que j'en avais pour
toute la matinée ; et puis voilà, je vois
du noir, une robe, mais pas la tête qui
était cachée ; je me dis : « C'est drôle. »
Je me dis : « C'en est une qui s'est levée
matin toujours, et encore qu'est-ce
qu'elle fait ? » Et puis voilà ! je suis
venu voir ; et puis voilà...

Le pommier était tout rose comme un
bouquet de fiancée ; les cerisiers alen-
tour perdaient déjà leurs fleurs. L'herbe
sentait l'oseille acide et la menthe dou-
cereuse. Le bois était poudré de vert ;

ALINE

on entendait le ruisseau couler ; un
grincement confus sortait des arbres.
Quand le greffier eut fini d'écrire, on
mit Aline sur un brancard et on l'emporta...

Cependant la maison était pleine de
monde. Au milieu de la nuit, la
vieille Henriette avait appelé, et alors
on était venu. On avait vu de tout côté
arriver les falots qui semblaient courir
tout seuls au ras des chemins. Et puis
les hommes étaient rentrés chez eux, mais
les femmes étaient restées. Le malheur
les attire comme le sucre les mouches.

Elles avaient couché Henriette dans
le fauteuil, là où on avait mis Aline ; et
elle se laissait faire. On lui donnait à
boire et elle buvait. Mais, lorsqu'on
apporta le corps, se dressant soudain
toute droite, elle cria :

— C'est bien fait ! C'est bien fait !
elle ne l'a pas volé !

Et tomba sur le carreau.

Toute la matinée, la boutique aussi fut pleine de monde. Il y avait sur les rayons des bocaux de verre pleins de sucre candi, de tablettes à la menthe ou de cannelle, bien alignés ; des caisses de fer-blanc où on met les biscuits et des boîtes de boutons. Une odeur fade régnait là, avec une odeur de salé, car un jambon et des saucisses étaient pendus à des chevilles au-dessus de la grande balance à chaînettes rouillées. Alors la boutiquière, au milieu de ses sacs, ayant pesé sa soude, s'appuya sur le comptoir et dit :

— Quelle affaire !

Les femmes parlaient toutes à la fois :

— On dit qu'avant de se pendre, elle a étouffé son petit.

— Est-ce qu'on sait jamais ?

— Enfin il est mort.

— Mais puisqu'il était bien malade...

ALINE

— Le sang lui coulait par le nez.

— Et elle ?

— Ah ! elle, elle avait la langue qui lui sortait.

— Moi, j'ai toujours pensé que ça finirait mal.

— Cette Aline, disait une autre, elle avait l'air tellement douce ! Est-ce qu'on se serait attendu à ça ? C'est ce Julien, après tout.

Et une autre :

— Le médecin a dit : « La mort est venue ra-ta-plan pour la mère, mais pour le petit !... »

Et la boutiquière ajouta :

— Mon Dieu ! quelle horreur.

Le soleil, qui s'était caché depuis un moment, sortit de derrière un nuage et la façade s'éclaira tout à coup. Sur le fumier voisin, un coq au bec ouvert chanta.

— Voyez-vous, les caractères, c'est

ainsi ; avec ces eaux dormantes, il faut
s'attendre à tout.

— Oh ! oui.

— Et qu'il y a à tous les deux de leur
faute.

Les femmes à ce moment se turent.
C'était le juge qui passait. On dit :

— En voilà un qui a de rudes corvées.

Puis aussitôt les conversations recom-
mencèrent. Et l'animation grandissait
à mesure que les nouvelles survenaient.

— Et Henriette ?

— On n'ose pas dire.

— Quoi ?

— Elle a dit que c'était bien fait.

— Pas possible !

— Et elle s'est roulée par terre. A
présent, elle ne dit plus rien.

— Ça se comprend.

Puis, comme la matinée s'avançait,
les femmes s'en allèrent une à une mettre
la soupe sur le feu.

ALINE

On fit la toilette d'Aline. On lui ôta sa vieille robe usée, et on lui mit en échange celle qu'elle avait portée à sa première communion. Les manches étaient un peu courtes, la taille trop juste, la jupe laissait voir les chevilles, mais c'était la plus belle robe qu'elle avait, et il faut être bien mise pour aller en terre. On disait :

— Comme elle est maigre, c'est une pitié.

— Oui, c'est que le chagrin, ça ronge.

— Faut-il qu'elle ait pourtant souffert !

Les femmes se montrèrent sur le cou l'anneau noir qu'avait fait la corde. Elles attachèrent une mentonnière autour de la tête pour retenir la mâchoire qui tombait. Elles chuchotaient à cause d'Henriette. Ensuite, ayant lavé l'enfant et l'ayant enroulé dans des langes propres, elles le posèrent sur le lit à côté de sa mère. Et ils étaient là, la mère et l'enfant, comme le jour où l'enfant était né.

Aline était pâle aussi comme ce jour-là, seulement son visage était calme, les traits s'étaient détendus, on n'aurait pas dit qu'elle avait tant souffert ; une grande paix était venue sur elle. On lui avait joint les mains sur la poitrine, on entrevoyait ses yeux sous les paupières mal closes. L'édredon à demi tiré cachait son corps jusqu'à la ceinture ; son corsage noir se détachait vivement sur le lit blanc.

Elle paraissait très longue et l'enfant tout petit. Quand tout fut prêt, on leur recouvrit la figure d'un mouchoir pour empêcher les mouches d'y venir.

Comme le soir tombait, les femmes se préparèrent à veiller. Elles étaient trois pour se donner du courage. Elles s'assirent autour de la table. Les merles se

ALINE 183

poursuivaient en criant dans le jardin ; le crépuscule se glissa sous la porte comme une chatte brune.

Elles se dirent :

— On ne va pas rester comme ça sans lumière.

— Bien sûr que non.

Elles allèrent chercher la lampe en se hâtant, car la cuisine était déjà sombre et elles avaient un peu peur ; mais la lumière les tranquillisa. L'abat-jour de papier rose laissait la chambre dans l'obscurité ; la table était éclairée. On distinguait mal dans l'ombre le lit étroit et les deux formes sur le lit.

Au bout d'un moment, l'une des femmes reprit :

— J'ai froid aux pieds.

— Oh ! dit la seconde, c'est d'être assise qui fait ça.

Et la troisième :

— Mettez-vous au moins un châle
sur les épaules.

Henriette n'avait pas bougé de sa
place depuis sa chute du matin. Ses
regards étaient tournés en dedans,
ses mains ne remuaient pas, elle
gardait la tête inclinée. Les femmes
la considérèrent. Elles branlèrent la
tête.

— Voilà ! dirent-elles.

— Oui, voilà !

— Quel coup quand même !

— Elle est assommée.

— Oh ! oui.

Puis elles parlèrent d'autre chose.
Petit à petit, le sommeil les gagnait.
Leurs pensées s'affaissèrent comme les
branches sous la neige. Mais, à peine
leurs yeux s'étaient-ils fermés, qu'ils se
rouvraient d'eux-mêmes. Elles s'agi-
taient sur leurs chaises. Parfois elles
échangeaient un regard. Elles sentaient

ALINE

la mort rôder autour d'elles ; l'air en était comme épaissi.

A la fin, pourtant, elles s'assoupirent l'une après l'autre. La lampe brûlait en grésillant, on n'entendait pas d'autre bruit.

Quelquefois seulement, une des dormeuses se mettait à souffler plus fort, accoudée sur la table, le front dans ses mains. Un papillon de nuit attiré par la flamme, frôlait l'abat-jour ; ou le vent passait dans les arbres.

Puis l'aube, s'étant levée sur la colline, descendit se mirer aux fontaines. Les bois s'ouvraient devant elle, l'herbe frissonnait sous ses pas. Une petite flamme trembla vers l'orient, des banderoles roses flottaient au sommet des sapins. Et l'espérance nouvelle, poussant la porte des maisons, souriait debout sur le seuil, pendant que, dans la chambre, la lampe achevait de s'éteindre et que les femmes s'éveillaient.

Le bruit de la mort d'Aline s'était vite répandu. La matinée n'était pas finie qu'on venait aux nouvelles de tous les environs.

— Est-ce vrai ?

— Oui, c'est vrai.

Il y avait des chars arrêtés devant l'auberge. Il y avait des femmes qui venaient de loin, qui passaient avec leurs souliers blancs de poussière, marchant à grands pas, et qui entraient chez une connaissance. Et aussi on commençait à plaindre Aline, parce qu'elle était morte et qu'on est moins dur pour les morts ; et puis, c'était trop triste ; et on disait :

— Elle est morte ; et puis, mourir comme ça !

— Comme ça !

— S'enlever la vie !

— Mon Dieu ! mon Dieu !

ALINE

Alors on se taisait un moment pour se représenter le pommier, la corde, la petite Aline pendue ; on disait encore :

— Ah ! oui, c'est quand même drôle de vivre. Voilà, comme qui dirait, on commence, et puis on va vers le milieu, et puis on finit ; et, quand on a fini, c'est bien la même chose que si on n'avait pas commencé. Et dire encore que tout le monde y passe.

XVI

A la nuit close, on apporta le cercueil.
Il était fait de quatre planches mal
rabotées, vernies en noir. Le menuisier
avait travaillé toute la journée dans sa
boutique claire et ouverte au soleil,
pleine de copeaux roses. Il plantait ses
clous en sifflant. Comme il était habile,
l'ouvrage avait été fini avant le soir.
Alors il avait allumé sa pipe, et il s'était
dit : « Ce sera bientôt le moment que
j'aille jusque là-bas. »

On déposa le cercueil près du lit,
puis on mit Aline dedans avec le petit
enfant couché dans ses bras. Elle avait

ALINE

l'air de s'être endormie en le berçant et il semblait dormir aussi. On les couvrit d'un drap de lit. On rabattit le couvercle pour voir s'il joignait bien, mais l'enfant prenait peu de place ; on n'avait plus qu'à attendre les porteurs.

Il y eut un orage pendant la nuit, c'était le premier de l'année. D'abord un silence, puis un bruit comme un char qui roule, et les éclairs étaient verts aux fenêtres. Au bout d'un moment, les nuages crevèrent et s'abattirent dans les branches ; puis les éclairs s'espacèrent, le tonnerre alla diminuant ; la pluie devint fine, tombant doucement partout, et les gouttières chantaient sous l'averse. Au matin, le vent dispersa les nuages ; le ciel parut descendre sur les chemins trempés de bleu.

Un peu avant onze heures, qui était l'heure de l'enterrement, le pasteur se prépara pour le culte. Il ôta le veston qu'il portait chez lui et mit un col propre, une cravate noire et sa redingote ; et encore son chapeau de soie, en soupirant, car rien n'est difficile comme ces morts particulières ; il faut éviter toute allusion, consoler cependant et promettre le ciel, quand le ciel est douteux. C'est pourquoi il partit à regret, ayant sa Bible de cuir souple à tranches dorées sous le bras.

Le culte se fit dans la chambre d'Henriette. Il n'y avait pas beaucoup de monde, parce qu'Aline n'était pas morte de sa belle mort. Il n'y avait que quelques voisines et deux hommes, des cousins ; ils se tenaient assis le long du mur. Au milieu de la chambre, on avait mis une table et une chaise pour le pasteur.

Il fit d'abord une prière, on se leva, on se rassit. Le pasteur lut un passage des Psaumes. Il y est dit :

ALINE

« *L'œil de l'Eternel est sur ceux qui le craignent, sur ceux qui s'attendent à sa bonté pour délivrer leur âme de la mort et pour les faire vivre durant la famine.*

« *Notre âme s'attend à l'Eternel. Il est notre aide et notre bouclier. Car notre cœur se réjouit en lui, car nous nous confions en son saint nom.*

« *Que ta bonté soit sur nous, ô Eternel! comme nous nous attendons à toi.* »

La voix du pasteur s'élevait au commencement des phrases et retombait à la fin. Sa lecture finie, il se mit à parler sur ce qu'il avait lu, montrant que Dieu est miséricordieux et qu'il ne faut pas s'abandonner à sa douleur, mais lever la tête, parce que le jour du revoir est proche. Enfin il pria de nouveau.

On entendit des pas lourds dans la chambre à côté. Les porteurs venaient chercher le cercueil. Ils étaient de bonne

humeur, ayant bu un verre à l'auberge
en passant. Ils disaient :

— Heureusement qu'elle n'est pas
pesante, quand il y en a qui vont dans
les cent kilos !

Les hommes avaient pris leurs cha-
peaux, les femmes tout en larmes en-
touraient Henriette. Henriette ne pleura
pas. Seulement, lorsque le pasteur s'approcha d'elle, elle se dressa comme un
ressort et on n'eut pas le temps de la
retenir qu'elle avait ouvert la porte et
vu la boîte noire et les hommes ; alors
elle leva les bras et se jeta sur eux.
Il fallut se mettre à trois ou quatre
pour lui faire lâcher prise. On n'aurait
jamais cru qu'une vieille femme pût
être si forte. Et puis, comme on continuait à la tenir, elle se mit à crier.

Le cercueil s'en allait le long du chemin qui mène au cimetière. On doit
traverser le village. Les gens étaient

ALINE 193

sortis devant chez eux pour voir. Le
charron qui battait son fer près du gros
soufflet de cuir jaune et du feu clair
leva la tête et mit les mains sur ses
hanches ; l'apprenti lâcha la corde du
soufflet et le feu devint sombre. Un
petit garçon qui tirait un cheval à rou-
lettes s'était arrêté, un doigt dans la
bouche. Une grosse fumée sortait du
four communal. Et puis, une fois que
le petit cortège fut passé, les gens ren-
trèrent chez eux, l'apprenti se pendit de
nouveau à la corde, le charron reprit son
marteau, l'enclume recommença de
sonner dans le soleil. Le four communal
fumait toujours.

Sitôt qu'on est hors du village, le
chemin devient raide. Les flaques étaient
sèches, la rigole tarie. Le capillaire sortait en touffes noires des fentes du mur.
On marcha plus lentement. Une fois,
les porteurs s'arrêtèrent pour s'essuyer

le front. Puis on repartit. Le cimetière
était sur la colline. De grands arbres eu
marquaient l'entrée. On approchait, les
porteurs reprirent courage. La grille
rouillée grinça. Le cercueil entra le
premier, les deux parents suivirent ; et
on vit dans un coin l'herbe haute, la
fosse ouverte et le fossoyeur à côté,
avec sa pelle.

Henriette toutefois n'avait pas cessé
de crier. Tout ce qu'on pouvait faire ne
servait à rien, les femmes disaient :

— Il faudrait pouvoir l'attacher.

— Oui, mais si on l'attache, elle deviendra enragée. Il vaut mieux que ça
passe tout seul.

On reprenait :

— Voilà la troisième fois que ça
lui arrive ; c'est des espèces de crises
qu'elle a.

XVII

Vers le soir pourtant, Henriette se calma. Il arrive un moment où les forces s'épuisent ; la douleur reste, mais cachée, comme le feu qui se retire sous la cendre. Alors les femmes s'en allèrent.

On ne la vit pas de deux ou trois jours. Une après-midi, elle reparut. Elle était mise à son ordinaire, mais sa robe était froissée, comme si elle ne s'était pas déshabillée depuis le jour de l'enterrement. La dentelle de son bonnet noir lui pendait sur l'oreille, sa jupe était blanche au genou, son corsage à petites fleurs violettes sortait de sa ceinture.

Elle but au goulot de la fontaine, puis elle ramassa sur la route un bouton perdu ; elle ne saluait personne ; parfois elle secouait la tête et agitait la main devant elle. On pensait : « Elle devient folle. »

Elle n'était pas folle, mais seulement perdue. Quand on n'est plus utile à rien, on ne sait pas que faire, ni où aller. Elle était toute seule. Elle serait morte qu'on ne s'en serait même pas aperçu. Et on disait :

— Elle irait au moins rejoindre sa fille. A quoi est-ce que ça lui sert de rester par ici ?

On répondait :

— Voyez-vous, c'est ceux-là qui n'ont plus rien à faire dans la vie qui s'y cramponnent le plus.

Elle était comme une vieille vigne qui ne donne plus de fruits et dont les feuilles sont tombées, mais qui tient

ALINE

ferme encore à la muraille et résiste au vent.

Puis les jours firent des semaines et les semaines des mois. Elle allait dans le village, entrant à la boulangerie acheter son pain et à la boutique son café ; les femmes la suivaient du regard, curieuses ; les enfants avaient peur d'elle, à cause de ses yeux qui s'étaient enfoncés. Sa peau faisait des plis sur ses os.

Le matin, elle était toujours au cimetière. C'est un endroit plein d'oiseaux, de fleurs et d'ombre, qui semble rire. Il a un vieux mur qui croule pierre à pierre parmi les orties et les coquelicots. Des ifs et des saules-pleureurs ombragent les tombes aux noms effacés ; les couronnes de verre, suspendues aux croix de bois, tintent quand il fait du vent. Il y a aussi des tombes oubliées, pleines de mousse et de pervenches. Les fauvettes, les mésanges qui sont farouches et les chardonnerets qui sont verts et gris, avec un petit peu de rouge, nichent dans les branches. Et les marguerites, l'esparcette, la sauge, le trèfle, fleurs des champs semées là par la brise, s'ouvrent parmi les hautes graminées.

Henriette venait, portant, selon les jours, des boutures ou des graines, une bêche ou un plantoir. Aline avait toujours des fleurs. Sa petite tombe était comme un jardin. On ne voyait pas la terre, tellement les fleurs étaient serrées. Il y a des géraniums écarlates, des pensées comme un petit visage, des ne m'oubliez pas, des violettes ; et les violettes viennent les premières, puis viennent les myosotis qui aiment l'eau et les fontaines, puis les autres fleurs, chacune à son tour.

Quand elle avait fini, Henriette s'asseyait dans l'herbe à côté de la tombe,

ALINE

les bras autour des genoux. D'où elle
était, on voit le lac et les montagnes de
Savoie. Le pays, avec ses prairies, ses
champs et ses bois, descend par lentes
ondulations vers les eaux lisses et nuan-
cées où les nuages du ciel traînent leurs
ombres grises comme de grands filets.
La montagne était bleue à cause de la
distance. Elle soufflait parfois, comme
une lessive qui sèche, une petite fumée ;
et la petite fumée devenait un nuage
rond qui s'en allait. Les bateaux à vapeur,
s'approchant du rivage, semblaient des
points noirs. Personne ne passait sur le
chemin ; il n'y avait personne non plus
dans le cimetière ; il n'y avait rien là
que les oiseaux, l'herbe, les arbres, les
fleurs, les morts.

Henriette ne bougeait pas. Alors les
oiseaux venaient, sautillant autour d'elle.
Elle était comme le tronc des arbres
ou les pierres des tombes. Le soleil

montait le long de ses jambes. Midi
sonnait. Elle se levait.

La clé craquait dans la serrure rouillée. La maison était devenue branlante
et bien triste, car les maisons sont comme
les gens. On sentait le malheur qui était
entré et qui s'était posé là, avec sa tête
accoudée et son mauvais air qui pèse.
De grosses araignées couraient dans le
corridor ; le jardin était abandonné. Les
légumes montaient en graine ; le pommier, mangé par la vermine, avait laissé
tomber ses pommes avant la maturité ;
les taupes avaient fait leurs trous dans
les plates-bandes, les grenouilles sautaient sous les feuilles.

Et les hommes, revenant des champs :

— Quelle saleté que ce jardin !

— Ça pousse vite, la mauvaise
herbe.

Et un troisième :

— Et puis dire que tout ça, c'est de la

ALINE

terre perdue. Si seulement on vous la donnait !

Henriette buvait son café. Elle mangeait son pain. Elle vivait. C'est le sang qui va quand même, monte au cœur et en redescend, quand le reste est presque mort. On est là, on se regarde, on se voit comme dans l'eau noire un buisson qui a brûlé ; et on s'en retourne en arrière, parce qu'en avant tout est fermé. Henriette entrait dans la chambre d'Aline. Le lit et le fauteuil y étaient à la même place. Il y avait encore une photographie au mur. Elle la prenait dans ses deux mains.

On y voyait Aline toute petite, avec une robe blanche et une chaise sculptée plus haute qu'elle ; dans le fond, un château peint, des feuillages ; sur le devant un tapis ; c'était comme chez les riches sur cette photographie. Aline avait les cheveux frisés et de grands yeux ; le temps de l'enfance est le beau temps où on ne sait rien de la vie.

Elles étaient montées tout en haut d'une grande maison, dans une chambre en verre. Ce jour-là, il faisait bien chaud. Comme Aline pleurait, le photographe avait été chercher un pantin à bonnet pointu et à grelots dorés. Elles étaient revenues par le chemin de fer. Henriette avait perdu son mari l'année avant. Il était mort d'avoir trop bu.

Elle remettait la photographie à sa place. La maison faisait de l'ombre sur la route. Le facteur passait, ouvrant son sac de cuir, pour y prendre une lettre. Les vaches qu'on venait de traire allaient boire à la fontaine. Un homme rentrait de la laiterie, sa hotte en fer sur le dos.

A l'automne, Julien se maria. On avait attendu la fin des récoltes, qui sont un temps où on a trop à faire pour se

ALINE

mettre en ménage. La mort d'Aline aussi avait été un mauvais moment à passer. Le père et la mère Damon avaient dit comme les autres :

— C'est bien triste !

Au fond ils pensaient : « A présent, on est débarrassé pour tout de bon. » Seulement on avait parlé d'eux, et pas en bien, à ce moment. Alors Julien avait été passer deux ou trois jours chez sa fiancée. Ensuite il était revenu. Et puis on avait oublié.

Les noces furent de bien belles noces. La fiancée arriva la veille avec sa robe, son voile et ses souliers fins dans un grand carton. Elle était large et haute. Elle avait les cheveux de trois couleurs, qui viennent de sortir tête nue au soleil. Julien l'attendait devant la porte. Et, quand elle sauta du char, sa jupe, en se relevant, découvrit sa jambe forte et ses grands pieds.

ALINE

Le lendemain, les invités parurent. Les femmes avaient mis des robes de laine noire, les hommes des vestes de drap, et ceux de la ville des redingotes. On servit d'abord à manger et à boire. Il y avait du thé et du sirop pour les femmes ; du vin de trois espèces, de la viande froide, du jambon, de la salade ; des merveilles et des gaufres. Les deux chambres d'en bas étaient pleines. Les femmes riaient, parce que le vin fait rire, et qu'il faut bien s'amuser dans les noces.

Les Damon étaient heureux. La mère Damon suait dans son corsage de soie trop étroit ; sa figure semblait huilée ; et elle causait sans s'arrêter. A tout moment, le père Damon descendait à la cave et remontait, chargé de bouteilles qu'il débouchait entre ses genoux. Et Julien, parmi ses amis de noce et leurs demoiselles, était un peu gêné

ALINE

par son habit neuf et par son faux-col.

Après le repas, on partit pour l'église. Le sonneur guettait par la lucarne ; les cloches sonnèrent ; l'harmonium se mit à jouer ; quand les époux entrèrent, les filles du village chantèrent un cantique.

Les voitures se rangèrent devant le porche. Il y en avait trois. Leurs rideaux de coutil flottaient au vent. Les roues, fraîchement vernies, brillaient comme des flammes. Les cochers avaient des fouets à rubans mauves, roses et bleus, des gants de fil blanc ; les chevaux, des fleurs en papier de soie aux œillères.

Et lorsque la noce sortit, les mortiers tirèrent, bourrés jusqu'à la gueule de mottes de gazon, au risque d'éclater. C'était les garçons de la société de jeunesse et on leur payait à boire. La place était noire de monde. Les chevaux se cabraient, les femmes se bouchaient les oreilles ; il y en avait qui portaient des enfants dans leurs bras. Les mortiers tiraient toujours.

Cependant, les invités étaient montés dans les voitures qui partirent au grand trot. Julien et sa femme étaient dans la première. Quand Henriette la vit venir, et qu'elle vit ensuite Julien et le voile blanc de l'épouse, elle se leva de devant sa porte où elle se tenait assise, comme pour rentrer dans la maison. Mais la voiture avait déjà passé. Les autres suivirent. Elle, elle restait là, les mains pendantes. Le bruit des grelots, des roues, des voix alla s'affaiblissant, puis cessa tout à coup au tournant de la route ; et on ne vit plus rien qu'une petite poussière grise qui s'abattait lentement sur l'herbe courte des talus.

Dans la collection
Les Cahiers Rouges

(dernières parutions)

Jacques Audiberti	187	*L'Opéra du monde*
Charles Baudelaire	172	*Lettres inédites aux siens*
Emmanuel Berl	166	*Méditation sur un amour défunt*
Charles Bukowski	164	*Au sud de nulle part*
Charles Bukowski	153	*Souvenirs d'un pas grand-chose*
Charles Bukowski	188	*Women*
Anthony Burgess	191	*Pianistes*
Henri Calet	161	*Contre l'oubli*
Henri Calet	169	*Le Croquant indiscret*
Bruce Chatwin	171	*Les Jumeaux de Black Hill*
Jean Cocteau	173	*La Machine infernale*
Joseph Delteil	190	*Jeanne d'Arc*
Charles Dickens	145	*De grandes espérances*
Umberto Eco	175	*La Guerre du faux*
Jean Freustié	189	*Proche est la mer*
Gabriel García Márquez	174	*Chronique d'une mort annoncée*
Gauguin	156	*Lettres à sa femme et à ses amis*
Jean Giono	179	*Colline*
Jean Giono	155	*Regain*
Jean Giraudoux	181	*La Menteuse*
William Goyen	142	*Savannah*
Marcel Jouhandeau	170	*Élise architecte*
Ernst Jünger	157	*Le Contemplateur solitaire*
Paul Klee	150	*Journal*
Norman Mailer	184	*Les Armées de la nuit*
Curzio Malaparte	165	*Technique du coup d'État*
Klaus Mann	177	*Mephisto*
Klaus Mann	178	*Le Volcan*
François Mauriac	176	*Thérèse Desqueyroux*
André Maurois	180	*Les Silences du Colonel Bramble*
Alvaro Mutis	167	*La Dernière Escale du tramp steamer*
Alvaro Mutis	163	*Ilona vient avec la pluie*

Alvaro Mutis	159	*La Neige de l'Amiral*
René de Obaldia	151	*Innocentines*
Edouard Peisson	183	*Hans le marin*
Joseph Peyré	152	*Matterhorn*
Jorge Semprun	144	*Quel beau dimanche*
Pierre Teilhard de Chardin	168	*Écrits du temps de la guerre (1916-1919)*
Paul Theroux	182	*Voyage excentrique et ferroviaire autour du Royaume-Uni*
Roger Vailland	192	*Bon pied bon oeil*
Roger Vailland	147	*Les Mauvais coups*
Roger Vailland	154	*Un jeune homme seul*
Vincent Van Gogh	148	*Lettres à Van Rappard*
Vercors	158	*Sylva*
Paul Verlaine	146	*Choix de poésies*
Jakob Wassermann	160	*Gaspard Hauser*
Émile Zola	162	*Germinal*
Stefan Zweig	186	*Un caprice de Bonaparte*

Imprimé en France par la société Nouvelle Firmin-Didot
Première édition, dépôt légal : octobre 1986
Nouveau tirage, dépôt légal : mars 1994
N° d'édition : 9395 – N° d'impression : 26436
ISBN 2-246-35162-6
ISSN 0756-7170